リルケの最晩年

～呪縛されていた『ドゥイノの悲歌』の完成を果たして新境地へ～

太田光一

郁朋社

リルケの最晩年 ～呪縛されていた『ドゥイノの悲歌』の完成を果たして新境地へ～／目次

注：本文中の（　）書きの数字は引用文献を示したもので、その文献名を「注（引用文献）」に載せた。

装丁／根本 比奈子

リルケの最晩年

～呪縛されていた『ドゥイノの悲歌』の完成を果たして新境地へ～

一、大戦と二人の若い女性（一九一四年秋―一九一八年末）

リルケは一九一四年七月二十四日、パリのカンパーニュ・プルミエール街のアパルトマンをすっかりそのままにして、ただふらっとライプチヒへやって来た（8）。しかし、折悪く直後の七月二十八日に第一次世界大戦が勃発して、自室に残して来た貴重な荷物は以後の家賃の形に競売に掛けられてしまった。尤もその一部はその後、リルケからそのことを偶然ウイーンで聞いたツヴァイクが、ロマン・ロラン、ジッドなどに働き掛け、連係して買い戻してくれたが、原稿、書簡、蔵書などの多くの貴重な資料が失われていた。リルケはそれでもフランスの友人たちの友情に深く感謝した。しかし、大戦の痛手はそんなこととは比べ物にならないほど日を追う毎にリルケの心に深く刻まれて行った。

大戦勃発直後ミュンヒェンにやって来たリルケにはまだ大戦の深刻さは実感出来なかったのであろう。偶然にも閨秀画家ルー・アルベール＝ラザールと出会い、たちまち恋に落ちミュンヒェン郊外イルシェンハウゼンのペンションで暫く一緒に暮らすことになるのである。

ルーとはどんな人物だったのか、ニコル・シュネーガンのルーの伝記『ルーの面影』（9）からルーの横顔を垣間見てみよう。ルーは一八八五年ヴィースバーデンに生まれ、ロレーヌ（ドイツ語名ロートリンゲン）のメッツで育った。一歳年上の姉イルズがいた。二歳の時ポリオに罹り足に後遺症が残ったので、以後ヴァリーという家庭教師の教育を受け、深い教養を身に着けることが出来、フランス語、音楽、詩——特にメッツ出身のヴェルレーヌに夢中になった。このことがリルケに結び付ける要因の一つになったのであろう。足が不自由なため一人で外出する機会が許されていなかったが、十五歳のある夜、秘かに家を抜け出して城壁の辺りを散歩したことが見つかり、父にひどく叱られるのであるが、ルーは父に職業画家になりたいと思い切り訴えた。勿論世の常で反対されるが、ルーも反撃した。「父は私の足の不自由を隠すために家に閉じ込めて置きたいのではないのですか」と食い下がり、ハインリッヒ・オトン・ベーケという画家を家に招き、画業の本格的訓練を受けることに成功した。彼女の腕はめきめきと上達して行った。そして師匠は親にルーをミュンヒェンで修業を積むよう同意させた。十九歳の秋であったらしい。ミュンヒェンでエドヴィンという男に求婚されるが、「私は画業に専念したい」と言って断っている。しかし、五年後の一九〇九年、ミュンヒェンで有名な化学技術者、ユジェーヌ・アルベールと結婚するのである。しかし、この結婚は不幸せなものだったようだ。その後彼女はパリに出て、更なる研鑽に努めるが、大戦の勃発に遭って、ドイツへと帰還せざるを得なかった。ニコルはミュンヒェンに着いた頃のことを次のように書いている。

「……九月の初め、ユジェーヌ・アルベール夫人は昔からの馴染みのイルシェンハウゼンのペンションで暫く休養することを口実に夫の住居を出て来た。実は彼女、夫とけりをつけようとの堅い決意を抱いていたのである。

丘に着き、仕上げるべき作品のイメージに付きまとわれながら森に深く入ろうとした時、一本の腕が彼女の腕の下に入って、彼女の着想を砕き、同時に優しい声が耳元に響いた。《ルー夫人でしょ、そこにいるのは！　会いに来てくれたのね》……」と。

声の主がペンション《シェーンブリック》の女将だったのである。ここでこのように、ルーはリルケと偶然出会うのである。一九一四年九月十七日のことであった。リルケはルーに夢中になり、隣同士でこのペンションに住むのである。ルーも当然夢中になり二人は一時の夢を見ることになるが、ルーは自分との生活がリルケの創作活動を邪魔することになると考え、身を引いてしまう。ルーが邪魔しているわけではなかったが、その後大戦の現実がリルケの心身を蝕んで行ったのである。日に日に軍備拡張の大波に襲われて行くミュンヒェンは以前の芸術都市としての雰囲気はすっかり失われ、リルケには居心地の悪い場所になりつつあった。そのような精神的な圧迫が霊感の枯渇を呼び、畢生の大作『ドゥイノの悲歌』の完成などもはや望むべくもなかった。それが更なる追い討ちとなり、リルケの精神はずたずたになってしまった。あまつさえ、虚弱な身体条件から前線への派遣はなかったが、後方で文書係とはいえ、少年の頃に嫌っていた軍服に身を包み兵役を務めねばならなかったことが更なる精神的負担を増幅させていたことは間違いない。尤も友人たちの努力でその任務も短縮されたようである。

ルー・アルベール＝ラザールの『リルケの面影』(10) によれば、兵役から解放されてミュンヒェンに帰って来たリルケについてこう描写している。

「……リルケは引き裂かれ、以前には決して見られなかったほどのぼんやりとした状態だった、そして、私は一人にして自分を取り戻させる方が彼にとって恐らくより価値があるのだろうと思いました。彼はヴェルハーレン家での幸福な家庭生活のことをかつて何度も語っていたので――彼の奥さんはいわば彼の陰で彼に奉仕することに徹していた――私はリルケに訊きました。

《あなた、私に彼女のようにしてもらいたい？》

《いいや、それじゃ、君でなくなってしまう、それにそれじゃ、僕の方が我慢出来ないさ》とリルケ……」と。

（訳者注：ヴェルハーレンとはベルギーの詩人エミール・ヴェルハーレン（一八五五―一九一六）のことで、リルケはエレン・ケイの紹介で知り合った。リルケは彼の詩を高く評価していたというが、彼は一九一六年十一月二十七日に不慮の死を遂げているから、このルーの話はその年の夏のことだったのだろうか。リルケはよく自分のこと――幼児の頃のこととか、パリでの出来事とかいろいろ熱心にルーに話をしていたことがこの本からよくうかがえる。最晩年リルケは『悲歌』を完成した後、『若き労働者の手紙』というフィクションを書くが、その手紙は《Vさま》と書かれている詩人への呼び掛けで始まる。この《V》はヴェルハーレンのことだろうと巷間では言われている。この手紙はリルケの本心が吐露されているように思われ、面白いので第八章でその核心部分を取り上げてみたい）

ルーの話を続けよう。

「……私はベ・ド・ワールという女友達とジュネーヴ湖の付近に向けて出発する準備を始めた。リルケからはロマン・ロランに会えるように頼まれ、幾つものメッセージを託された。しかし、私は彼の滞在場所を知らなかった。シエールに着いて、ホテル・ベルヴューのテラスで素晴らしい景色に浸りながら、私の知っているフランス士官にロマン・ロランにどうしても会いたいのですがと話したら、《奥さん、あなたの側にいますよ》と言うのです。《彼が？》

私は彼の厳しそうな面立ちに少しひるみましたが、すぐに翌日の来訪を取り次がせてもらいました。彼は前線の向こうにいる友人のこと、特にリルケの話を聞くことを非常に喜んでいました。それは私には非常な喜びでしたが、彼は《新フランス評論》の全ての友人が今でもリルケを信頼していること、彼らがパリに残され、敵として競売に掛けられたリルケの私有物の買い戻しに奔走していたことを教えてくれました。殊に、ジッドがそのことには心を掛けていたこと。残念ながら、ほんの少ししか取り戻せなかったこと。しかし、後年、リルケはそれでも原稿や書簡の一部が取り戻せたことに驚きと共に嬉しさを覚えたのでした。

ロマン・ロランは将来を非常に暗いものと見ていた。私は彼の青白く厳粛な美しい顔をなおも見つづけ、この時代の国際問題に非常に敏感になっていると思われる彼の言葉になおも耳を傾けました。《ここ、ヨーロッパで起こっていることは、全くの愚行です。この世界には我々しかいないのではないのです、我々はこの地球上ではほんのちっぽけなものでしかないのです。例えば、中国人が、ここで起こっていること、馬鹿げた戦争による衰弱、末路を見ていないとでも思いますか？　文明の富が消えて行くのです。それで再びアジアの番が回ってくるのでしょう》と。

彼がこれらのことを話している間、彼の顔に現れた悲しげな優しい面持を私は決して忘れやすまい。彼の友人のシュテファン・ツヴァイクが後で私に指図することになった、彼のポートレートを私は非常な興味を持って描くことになった筈でした——彼は喜んでポーズをとることを承諾してくれていたのです。しかし、ご不幸なことにご母堂が亡くなり、彼はフランスへ呼び戻され、そのまま、戦時中はもはや戻って来られなくなってしまったのです。

リルケはロマン・ロランの託したメッセージに深く喜んでいた。私は手紙の中でローザンヌの近郊ウーシーのサハロフの招待を受けて、乗った船がちょっとの間フランスに近づいた時の感動を何度も彼に書き記しました。

帰ってから、私をとても恍惚とさせたヴァレーについて彼に沢山話をしました。彼は公のこと、観光のことなどのこのスイスの話に全く無関心だった。リルケはそういうことには真の反対の態度をとっていた。しかし、運命は後にこの国は最後の隠れ場として彼を魅了することになるのです。戦争は長引き、彼の上に重くのしかかっていた重石は益々重くなって行きました。

私たちの逢引きの時間とその思い出が魂を苦しい状態のままに傷つけてしまっているに違いない、そして結果的に彼をそのような状態に落ち込ませているのではないかと私は時々悔みました。彼の内部の葛藤は先鋭化して行くのでした——彼のために何も出来ないという絶望感の中で、そして彼の孤独を妨げることを咎められてはならないためにも、私は断腸の思いで彼の許を去る決心をしました……」とある。

リルケが兵役を離れてミュンヒェンに帰って来たのは一九一六年の七月のことだから、

ルー・アルベール＝ラザールとの恋は二年ほどで終わっているが、夫婦関係が破綻に瀕していた彼女にとってはリルケとの恋は忘れ難い思い出になったのだろう。彼女はその後、リルケの詩をフランス語に翻訳しては思い出に浸り面影を追っていたが、晩年は心の空洞を満たそうと娘インガ（同じく画家となった）とインドなどに旅行しては画業を続けていた。ルーには後ほど再出演してもらうことになる。

ジッドとの友情については後に多少書きたいと思っているので、今は触れない。ロマン・ロランとは一九一三年、ツヴァイクの紹介で知遇を得ていた。大戦が勃発してからは、その暴挙を嘆き軍国主義に断固たる反対の態度を示さんとジュネーヴの国際赤十字で働いていた。

一九一八年十一月十一日、カール皇帝が退位して、大戦は終わった。その直後、スイスから一人の若い女性がミュンヒェンにリルケを訪ねて来た。その場面の再現は今暫くお預けにして、この若い女性のことにちょっと触れておこう。リルケは彼女をリリアーヌという愛称で呼んだが、本名はクレール・シュチュデと言って、戸籍上はまだシュチュデの妻ではあったが、事実上は離婚状態だった。後にイヴァン・ゴルという詩人の妻になるが彼女の自伝『風を求めて』(11)から、話を紡いで行こう。

シュチュデとの結婚は軽はずみで不幸なものだった。二十歳（一九一一年）のある夜、彼の旺盛な性欲の犠牲となって止むなく結婚せざるを得なかったが、その後の夫は常軌を逸するかのように不実を重ねて行った。結婚三年後の一九一四年には当然の結果、離婚訴訟へと進むことになるが、夫は改悛の情をちらつかせ、結局和解へ持ち込んでしまう。しかし、精神的大打撃を受けた彼女がそのまま元の鞘に納まることは誰の目にも無理と映ったであろう。事実上彼らの結婚生活は破綻したのである。一方、ドイツ国内は益々軍国主義に傾いて行き、多くの人々の不安は増大していた。殊に彼女は仲間の影響もあり、一気に、平和主義者への道を辿り始めるのである。彼女は言う。

「……宿命なんてあり得ないし、如何なる神も我々の操り糸を引くことは出来ないのです。人間というものは自分のことを探し求めようとせずに他人の方に引き付けられてしまうのです。精神のある種の指針が同じ関心を持つサークルへとあなたを導いて行く——つまり、ある日、同じ陣営にいることに気づくことになるのです。もしロマン・ロランが私をアンリ・ギュルボーの許へやって下さらなかったら、私は決してイヴァン・ゴルに会うことはなかったでしょうし、また、私の人生は別の道を辿ったでしょう。

一九一七年一月にドイツを離れました。私はこの国でやるべきものは何もなかったのです。戦争の狂暴に加担しませんでしたし、私は平和主義者で、夢はフランスへ行くことでした。私はピエール＝ジャン・ジューヴの『あなた方は人間だ』の翻訳に日を過ごしてました。この著者はヨーロッパの戦争及び軍国主義に反旗を翻した人だったのです……」と。

スイスへと国境を越えた。当時女性のスイス行は戦闘員でないのでかなり寛大だったようだ。この機会に自分の翻訳をジューヴに見せることが出来ればと思い、ヴァレー県のシエールの館に彼を訪ねたのである。彼は同じように平和主義者の汚名を着て逃亡生活を送っていたロマン・ロランと一緒だった。しかし、彼はちっとも喜ばず、出版に反対した。

「……ロマン・ロランはスパイされるのを恐れて、彼の住んでいる大きな城の中の安全な部屋にしかいませんでした。
《誰にも聞かれないように芝生の真ん中に行きましょう》と彼は私を外へ連れ出しながら言いました。
私は戦争のそしてドイツの軍国主義の恐ろしさを語り、平和と和解のために働きたいという意欲を彼に告げました。
《あなた、ジュネーヴに行って勉学を続ける積りはありますか？『明日《ドゥマン》』という雑誌を発行している戦闘的平和主義者に紹介状を書いて上げましょう。彼となら有意義な仕事が出来ましょう。私への献辞を書き入れてくれたイヴァン・ゴルの美しい詩がこの最新号にあります……》」と。

アンリ・ギュルボーは詩人で物力論《ディナミスム》の創始者で、ゲルマニストでもある。ニーチェ以降の詩人のアンソロジーを出版し、一九一五年にスイスに逃れて来た。そして『明日』を発刊したとある。このジュネーヴでギュルボーに紹介されて運命の夫イヴァン・ゴルと出会い、後に二人はパリへと逃れて極めて波乱に富んだ生涯を共にするのである。

一九一七年半ばにチューリッヒへ移住するが、そこはトリスタン・ツアラの主催したダダ運動の真っ只中であった、彼女は多くのダダイストと巡り合うのである。

一九一八年十一月十一日、ドイツの敗戦によってドイツ帝国は崩壊し大戦は終わった。人々は休戦を祝ったが、スイスへ逃亡して来た人々の身の振り方はそれぞれ悲喜こもごもであった。アルザスはフランス領となった。

「……ゴルは戦争の熱狂が忘却と平和の内に鎮まるまでスイスに残ると決断しました。期待を鎮めるために彼は私に百回も私たちの関係を結婚という形に変えたいと訴えましたが、私は既にこういう関係を経験していましたので愛の正式化には深い嫌悪感を抱いていたのです。ゴルを愛していたが縛られたくなかったのです。速やかにアスコナを離れる決心をしました。休戦後一週間もたたぬうちに、ゴルは私をロカルノの小さい駅まで見送りに来てくれたのです。

私はライナー・マリア・リルケに私の最初の詩集を送っていましたが、彼は私に会いたいと返事をくれました。これが旅の目的でした。汽車に乗り込んだ時、今度の邂逅が恋に発展して行くような予感がしました。またゴルの許へ戻って来ると自分に言い聞かせている内部の声とは裏腹に私は彼の許を去ったのです……」と。

リルケは彼女と会って、暫くしてこんな手紙を彼女に書き送った(11)(17)。彼女が恋の予感と感じたことが現実のものになった左証だろうか。

「クレール・シュチュデさん
一九一八年十二月二十九日、日曜日
ねえ、ねえ、手紙を書くということは私には超人的な努力が要るんだよ、だからそう決心させることが出来ないでいたんだ。

リリアーヌよ――だけど、君の灯りの反射が眩しくて白い紙を僕の前に置いておくことが出来ないんだ。だから、君にこんな明かりを灯すことが出来たのかな？　心の火事のようなものかな？

可愛い子よ、今や、君の心情が私の方へ逆流して来るんだ――君がだんだん夢中になって行く入口でその道を延ばすことなんてしないさ、ただ、この力が、私に向けられたこの力！

そして、君は今、神秘的に美しい女友達の所にいるのね、だから、君は彼女になりきって私のこと気にしているんだろう。また、そこにいると想像するだけで、私は忌々しい恐怖を覚えるんだ――彼女にただこんな風に言って頂戴、私に君を身軽にさせてって、身軽、私の最高に崇高な部分だけが君の重圧を少しばかり軽く出来るんだ。

思わないでよ、私が君なしでクリスマスを過ごせたなんて――君の不平は不当だった、だから君はある慰めで速やかに解消したんだ。

君が約束したことを私はまだ頂いていないけど――しかし、それを待つのは素敵な喜びだよ。私が当てにしてるのは小さなことだが、それもやはり少し遅れるのかしら、多分、一週間とか、多分、二……やらなきゃならない小さな職人仕事があって、今日が期限なんだ。君は我慢出来るだろうなあ？　――君に会えないなんて私には我慢出来ないほどだよ、だけど、君の優しさの中で静かに物思いに耽っていれば何とかかね。

うちの食堂には銀の飾りのついた小さな木があり、仕事部屋の長テーブルの上にも同じように二つ目のものがあるんだが、想像してみてよ、これじゃ薔薇を断るなんて出来っこないでしょ。

リリアーヌよ、心の中で私の新年を祝ってくれ、そして、頂けるのだったら三つのこと頂戴、静けさ、将来、そして本心。

夕方、暗闇の中で差し伸べた腕の先で両手をぐっと開くと、指の先が君のスペイン仕立てのショールに触る感じがする。そして、このショールが呪いであることが私には愈々納得出来るんだ、そして、呪いを掛けられると、君の肉体と夜との触れ合いが早速長々と続けられる、息が詰まるほどメランコリックで心動かされる。

ライナー」と。

四十過ぎの男の手紙にしては甘ったるい。休戦の喜びの熱が若い女性に移って行ったのだろうか？　人はすわ一大恋愛事件と色めくが、どうもそれは下衆の勘繰りだったようだ。ここに《女友達》とあるのは女優のエリザベート・ベルジェのことで、リリアーヌのジュネーヴ時代からの懇意で、この時はベルリンにいた。リルケがリリアーヌに酔っていたのかもしれないと一見思わせる資料がもう一つある。遺言により、全ての女友達の手紙は返されたが、この中に、リリアーヌの彼宛の封筒に次のような詩が書き入れてあった（11）。

この私はといえば
リリアーヌよ　お前に読み聞かせていると
夜も昼も自分を
抑えきれなくなってしまうんだ　そして

心は曇りガラスの滴のため
ちぢに乱れ行く
きっと愛のせいだろう

リルケは本気でリリアーヌに恋をしてしまったのだろうかと、これにも恋の匂いを感じるだろうが、どうもそうではなさそうである。リルケにとって女性は霊感の源泉だったに違いない。リルケは霊感の戻って来るのをこの時期じっと耐えて待っていた。リリアーヌがそれに寄与してくれればとの気持ちがあったのは確かであろうが、彼女は彼の期待した女性ではなかった。彼女によって作品は生まれなかった。不毛の恋をまた体験してしまったのだろうか。この手紙と詩についての謎はやがて解ける。

一方のリリアーヌはこの時二十七という若さではあったが、恐らくリルケより人生の苦さを知っていたのだろうし、確固たる――彼女としての――信念に生きていたから、リルケの甘い誘い（恋に発展するような）には乗らなかった。いや、幸いにしてリルケは彼女にとっては風貌から言っても思想的にも魅力ある男ではなかった。その辺りを彼女の証言から見てみよう(11)。

「……ミュンヒェンのレギーナ・パラストホテルに着くと直ぐに、給仕にリルケへのメッセージを届けさせた。翌日彼は大きな薔薇の花束と次のメッセージを伝えて来た。《明日、うちであなたをお待ちします、宜しいでしょうかと訊き、私は前からあなたの詩の称賛者であります》

と。

　翌日私はアインミラーシュトラッセ三十四番地のリルケの家に急いだ。しかし、上がる前に自分を支配しているパニックを鎮めるため中二階のクレー夫人の家に寄った。詩人の籠絡者としての評判を知って私は木の葉のように震えた。クレー夫人は私の困惑を見て取り、彼女の夫の絵を思わせるような小料理を出してくれた――そこには一匙の酢漬けキャベツの隣に、一つまみのクミン、二枚の角切りベーコン、幾つかの丸いソーセージ、香しいハーブが添えられていた。その絵模様にはただ単に芸術作品であるばかりでなく、料理の素晴らしさと料理人の腕前をも大いに感じさせるものであった。お蔭で私は四階まで一気に登ることが出来た。

　ミュンヒェンを支配していた政治的革命的雰囲気の中でリルケのアパルトマンは嵐の上に浮かぶ色鮮やかな泡であった。ライナー・マリア・リルケは何も会得してないように見えた。大戦の始まる頃、彼は軍人と殺戮を賛美する少し悪質な詩を発表していた。ゴル、ヴェルフェル、ヨハネス・ベッシャーなど彼を厳しく非難していた……」と。

　読者はここにリルケの手紙とは違った印象を受けるであろう。リリアーヌはリルケに好意を寄せていたのではないこと。彼女の訪問の目的は自作の詩についての意見を聞くことだったのである。リリアーヌはリルケとは全く違う考えを持って行動していた。彼女は左派の革命思想の持ち主であった。リルケは彼女を誤解した？　そんなことはない。リルケは彼女の本心を十分理解していた。それだからこそあのような手紙を書いたのだ。あの手紙はリルケの本心ではなさそうである。リルケは社会運動の尊さは理解していたが、一人一人の固有な生の深遠さをもっと彼女に知って欲しかったのではなかろうか？　しかも大きな群れの中に身を投じ、自分本来の姿を見失っているように見えたリリアーヌにやんわりと忠告するためにあんな手紙と詩を書いたと思われる。あの手紙で、あえて友人のことに触れたのはその考えがあったからであろう。友人から離れて自分を見つめ直して欲しいとのメッセージが込められていたのである。そのこと——群れに身を投じて自分を見失っている若いリリアーヌーを見ているとやり切れない思いがする。これこそが若い、前途有為な彼女を思う愛（恋ではない）なのだと言いたくて詩を書いた。

しかし、リリアーヌにはその思いは届かなかったようだ。彼女は益々革命の熱気に促されて行動して行くのである。《嵐の上に浮かぶ色鮮やかな泡》との表現が二人の行方を示唆している。リルケを前にしてこんな不埒な言葉は失礼ではあるが、このリリアーヌの美しい言葉の裏にはリルケを極楽蜻蛉と批判しているような刺が隠されているように思える。リリアーヌは革命の熱気の渦巻くベルリンへ向かうのである。

さて、クレー夫人とは著名な画家（で、ヴァイオリニストでもあった）パウル・クレーの夫人であり、ピアニストであった。一九一五年ミュンヒェンでリルケはクレーの知遇を得ており、夫妻共に懇意であった。ルーは二人の間柄を次のように記している[10]。

「……画家クレーによって全く異なる調べが自然と持ち込まれた。甘く、静かで全く内面的な、彼は月に照らし出された私たちのテラスの上でヴァイオリンを時折聞かせてくれた、それは何ヶ月もよく見られるようにと貸してくれた幾枚かの美しい水彩画と同じほどに私たちに喜びを与えてくれた。リルケが現代絵画を意識し始めたのは恐らくこれらの作品との長い付き合いがあったことによろう。リルケを魅了したのが当時クレーの作品を支配していた純粋に抒情的でロマンティックな面であったのかどうかは分からないが、演奏にも絵画にもはっきり表れている鋭い音楽性がより強くリルケを魅了していたのである……」と。

またルーは時折クレー家で開かれる音楽会にも言及している。何故、クレー夫人がリリアーヌに砕けて言えばリルケはドン・ファンよと注意したのか分からない。クレー夫人の言葉はかなり厳しい。リルケが妻の有る身でありながら、若い女性と親しくしていることに以前より嫌悪感を抱いていたのであろうか。それにしては夫妻が自宅にリルケらを時折呼んだことが分からなくなる。

ここに書かれている戦争賛美の歌とは『旗手クリストフ・リルケの愛と死の歌』であることは明らかである。この歌は北欧的幻想の中でのロマンチシズムとしてむしろ味合うべきであろうが、現実には戦争鼓舞に利用されてしまったようだ。ルーも「実際、一九一四年にはこの本が兵隊の背嚢の中によくあった」と記している(10)。

この詩物語はジッドも絶賛して仏訳してみようと言ったが、結局翻訳不可能と言って断念した(8)。語学力の問題ではなく当時の国際情勢を読んでの決断だったのかもしれない。

話をリリアーヌの証言(11)に戻したいが、二人の会話は殆ど興味をそそられないので省略して、ただリルケがどんな風に仕事をしていたのか、一、二行触れておこう。

「……隅に置かれた立机に体を持たせ掛けながら立って仕事をしていた。リルケはとてもか弱い男であった。子供の体の上に載った極めて大きな頭、非常に青い目、亜麻色の髪そして口を隠すほどのアザラシのような口髭。《僕の唇は黒人のようなんだ》と彼は何度も言った。

……

リルケは私を子ども扱いした。彼は私に《わが子よ》と呼び掛けた。私たちの年の差は十三＊あったが、彼はかつて既に数えきれないほどの女性の恋人であったのだから尚のことこの差はその時の自分には巨大に思えた……」と。（＊訳者注：実際は十六であろう）

彼女は年の差にリルケの恋の豊富な経験をも重ね合わせていたのであろう。リルケの尊大とも取れる態度に籠絡されてしまうのではと恐れたかもしれない。リルケの手紙や詩がどうであれ、少なくともリリアーヌはリルケを恋の対象とは感じなかったようだ。

リリアーヌはリルケについて結論を出した(11)。

「……学生の時分には私たちは有頂天になってリルケの詩を暗唱したが、しかし、この彼の足下に跪かせたほどの情熱にも拘らず、今日では、彼の情愛溢れた知力、そしてヘルダーリンに余りに影響を受けたロマンティスムは私の若い時分の熱狂を弱めている……」と。

ゴル夫妻がユダヤ人故に辛酸を舐めたことには勿論同情するし、人類は再び同じ過ちを犯してはならない、がしかし、如何なる政治体制であろうと、人間は生まれ死んで行く、リルケはその点に注視した。ロマンチシズムに過ぎないとは言えない、答えのない永遠のテーマである。

逆にリリアーヌは人間の生が尊いが故にその生を守る社会体制が必要なのだと主張するで

あろう。しかし、生を生かす社会体制が一つであるわけではなく、人間の英知は多様な社会体制を提案出来るのだ。彼女は生そのものを、リルケは生の有り様を問題にしたからこそ二人は離反（そう言って良いであろう）せざるを得なかった。リリアーヌの自伝は彼女の死の前年の一九七六年に書かれた。もし彼女が今日まで生をつないでいればどんな感想をもっただろうか？

このようにルーとリリアーヌは全く違う方向を向いていたのである。しかし、この二人がどの程度リルケに吹き込んだのかは分からないが、この数年先に落ち着くミュゾットの館の隣人のシエールについておぼろげにも情報を提供していたことは特筆されてもいいのであろう。そして、ルーは一九二三年、旅の途上の慌ただしさの中で、リルケにミュゾットで再会したと書いている(10)。

二、スイス移住――不安と恩寵（一九一九年夏―一九二〇年秋）

大戦に敗れたドイツは全国的に経済的混乱と政治的騒乱の嵐に見舞われていたが、中でもミュンヒェンはリルケの住めるところではなくなっていた。彼は静寂な孤独に沈潜出来る環境を欲していた。

リルケは《純粋》という言葉が好きである。ルー・アンドレアス＝サロメはリルケの幼名ルネについて、ちょっと女っぽくてフランスっぽいと軽蔑的に指摘したのでリルケはルネに替えて、偉そうにライナー・マリア・リルケと改名した（7）（16）。ドイツ語で《純粋な》という形容詞は《rein《ライン》》というが、形容する名詞が男性であれば《reiner《ライナー》》と変わる、リルケのライナーは《Rainer》と書くが、発音は《reiner》と同じである。ここから彼の《純粋》好きが始まる。勿論、自らも世に通用する純粋な詩人を目指したのである。

マルテ以前のリルケにとって創作環境は必ずしも孤独である必要はなかったのだろうが、『悲歌』に憑りつかれてからは絶対的ともいえる孤独な環境を必要とするようになった。孤独の中に自己を沈潜させて、『悲歌』の完成のために霊感の湧いて来るのをじっと待ち続けたのである。しかし、敗戦で混乱するドイツではそんな霊感などもはや期待出来そうにもなかった。と言って、スイスが最適な土地であるとの認識はまだ彼にはなかった。

　リルケは絶対的孤独を求める一方で、彼ほど知己のネットワークを大事にし、ネットワークの増設に熱心だった詩人はほかにはいなかったのではなかろうか。そのネットワークのお蔭で、彼は詩人としての生命を長らえることが出来たとも言える。サロメが指摘するように彼は精神的に極めて不安定ではあったが(7)(16)、知己のネットワークに支えられて重篤な精神の病を発することもなく、快適な生涯を全うしたと言える。

　スイスに来るために既存のネットワークを大いに活用して来たが、スイスに来てからも、新たな知己のネットワーク構築にリルケは熱心であった。彼は自分のシンパを極めて重視した。ポーランド人のドブルチェンスキー伯爵夫人もそうであったが、ベルン在住のイヴォンヌ・ド・ヴァッテンヴィル＝フォン・フロイデンライヒも重要である。またエンガディンのジルス・バーゼルギアにいるデンマークの翻訳家で『マルテ』を翻訳したインガ・ユンクハンスも、ネットワークの重要な一員であった。新たな一員となったソーリオで出会った日本在住経験のあるナルケ夫人も重要になった。しかし、格別の恩人たちと言えるのはスイスで新たに知り合ったナニー・ヴンダリー＝フォルカルト夫人と従兄弟のヴェルナー・ラインハルトの二人である。

　それでは一体何故、リルケはドイツを逃れてスイスへやって来たのであろうか？

　フォン・ザリス(12)はリルケのマリー・フォン・トゥルン・ウント・タクシス侯爵夫人宛の手紙(13)などを基にして、一九一九年五月の終わりにドブルチェンスキー伯爵夫人から、自分のレマン湖畔の別荘に招待したい。その代りチューリッヒの読書会ホッティンゲン（当時のチューリッッヒの行政区ホッティンゲンに本部が置かれていたのであろうか）で自作の詩を朗読してほしいとの要請を受けたとしている。リルケは大戦の終結後のミュンヒェンには絶望していたのでこの招待に望みを繋ごうとしたのであろう。実は朗読会の話は一月ごろからあったが、その時はあまり気が乗らなかったようだ。最終的にはドブルチェンスキー伯爵夫人の招待に安堵したのかもしれない。一九一九年六月十日、翌日チューリッヒへ立つとの手紙をサロメに認めるが(14)、ここにはチューリッヒの読書会ホッティンゲンのアドレスと望むらくはその後直ぐにニヨンのドブルチェンスキー伯爵夫人の別荘エルミタージュ（訳者注：「隠れ家」の意あり）へ向かうとある。如何にも誇らしげである。しかし、最初は取りあえず読書会での朗読しか念頭になく、スイスに長く留まる積りはなかったようだ。スイスはリルケにとっては全く見知らぬ土地だった。

ゼルマッテンは面白いエピソードを伝えている(4)。リルケと同郷のプラハ生まれの外交官でリルケ愛好家のパウル・トゥン伯爵について、

「……外交官、トゥンは一九一五年からベルリンのオーストリア大使館に勤め、それからミュンヒェンへ移った。ここで、彼がその作品を称賛していた同郷人と知り合うことになったのである。一九一七年に六ヶ月間、ミュンヒェンからベルンへ派遣された。そこで文化情報担当の大使館員を務めることになった。

ミュンヒェンに帰って詩人と再会し、リルケにベルンの若く美しい女性から託された称賛のメッセージをもたらすのである。その人とはイヴォンヌ・ド・ヴァッテンヴィル夫人である。

トゥンはあるパーティーで彼女に会った。この若い女性はリルケの作品に非常な興味を示し、伯爵は友人の詩をこれほど熱烈に、またこれほど愛着して朗読する人をスイスで見つけて驚いたのである。リルケに気に入ってもらいたいとその讃美者の住所を教えた。ド・ヴァッテンヴィル＝フォン・フロイデンライヒ――リルケの母フィアはライナーに貴族の称号の重要性を教えていた。彼は狂喜した……

六月十七日、スイスへ着いて六日後、ニヨンからリルケはベルンにいるド・ヴァッテンヴィル夫人に《そちらへ伺って、私の心からなる敬意を表したいのですがお許し下さいますか》と電報を打った。

七月十五日、二人はグルテンで会った……」と。

リルケは知己のネットワークを増設することには人一倍熱心であった。相手が女性であれば尚更、相手が貴族であればもうこの上なく舞い上がって構築に邁進したのである。

彼は約束されていた朗読会をチューリッヒ、バーゼル、ベルンとこなした。リルケにとってこれらは彼の肉体を疲弊させることはあっても彼を元気づけるものではなかった。実際、チューリッヒのサナトリウムで静養することも考えたが、自由の空気を満喫せんと思い直して、ソーリオに向かうのである。ここでも、彼のネットワークが機能した。

その辺りの事情を七月二十日、チューリッヒからサロメに宛てて報告している(14)。

「……私はそれどころか常に動き回っております。ニヨンでは痒い所に手の届くように準備してくれていたのですが、最初の日から、いや一時間過ぎたらもう間違っていることに気が付きました──少なくとも今のところは。後ほど、訪問客が減って、ドブルチェンスキー伯爵夫人一人になれば、そういうことが許されればね。そう、私は結局のところ場所から場所へ、ジュネーヴへ、ベルンへと行きました──そこでスイス人との交流によって十四日間の本当に美しい日々を過ごすことが出来ました。再びやや自由民の境遇に自分を順応させることは容易なことではありません、その変化は純粋に肉体的な混乱ですが。ビルヒャー・ベンナー医師の許での短期療養（栄養補給と空気浴が基本ですが）を受けようとの意図は、余り嬉しくないチューリッヒへ私を戻らせることになったのですが、診察と相談の結果、今からエンガディンへ行くべきように思えたのです（と言いますのは、五年間の監禁の後に、サナトリウムで拘束されることは私にとって何か不必要な圧迫に感じたのです）。私の最初の目的地はジルス（バーゼルギア）です、デンマーク語訳『マルテ』をその翻訳者と覗き見るためです。彼女は山の高原から珍しい花を届けてくれました──しかし、たった二三日だけです、私はテラッセンのベルゲルを思い描いておりますす、その後マロヤからイタリヤに向かって下って、どこか私を喜ばせる場所を探します、終わりにならなければ事故がなければばです……そこからあなたに確実にお便りします……」と。

この女性翻訳家とは画家ユンクハンスの妻のインガ・ユンクハンスのことで、リルケのネットワークの大事な一員であった。夫妻はエンガディン・ジルス・バーゼルギアに滞在していた。リルケは七月二十四日、バーゼルギアに到着し、ここで、三日間夫妻と過ごした。三日間の滞在を終えて、寒い朝、サンモリッツから駅馬車に乗って、マロヤ峠を越えて、ソーリオに入ったのである(12)。

リルケは一九一九年七月二十七日日曜日にソーリオに着いた。ソーリオはグラウビュンデン県にあり、イタリアとの国境に接した小さな山村で、古いザリス時代の宮殿が今やホテルとなり、教会が一つ、わずかな集落が狭い土地にひしめき合っている。ただ、眼前には雄大な山岳が広がる風光明媚な保養地でもある。ここでリルケは二ヶ月ほど過ごすが、それが彼を長期に亘ってスイスへ引きつけることになるのである。『悲歌』の完成のためにはスイスの大自然と静寂さが役に立つかもと思いついたことであろう。しかし、ソーリオ自体は余りにも狭く彼の独居を支えることは無理であった。ソーリオを出て再びスイス各地の朗読会に招かれるわけであるが、中でもチューリッヒ近くのヴィンタートゥール、マイレンでは新たなネットワークが築かれた。フォン・ザリスは続ける(12)。

「……チューリッヒで、就中、ヴィンタートゥールで一つの接待を受けた、そういう接待は殆ど例外なく、その地の文学サークルと持続的な関係を導くことはまずなかった。しかし、今回の場合、リルケはある特定の家族と人々に特に密接な友情と親戚付き合いの関係を結ぶことになった、その結果、彼の最晩年の話には常にヴィンタートゥールのラインハルト一家とチューリッヒ湖畔マイレンの旧家、ヴンダリー＝フォルカルト家のことを忘れてはならないだろう……」と。

フォン・ザリスの言う通り、リルケの最晩年はヴェルナー・ラインハルトとナニー・ヴンダリー＝フォルカルト夫人抜きには語れないのである。ヴェルナー・ラインハルトは実業家として活躍し、リルケが最晩年創作のための隠れ家としたヴァレー（ドイツ語名でヴァリス）県シエールの山手にひっそりと佇むミュゾットの館をリルケのために買い取ってくれた人物で、ナニーはリルケが最晩年最も信頼を寄せた女性で、リルケは彼女に遺言を託した。リルケの彼女に送った四百五十通余りの手紙（一部電報）は一九七七年、インゼル書店から『ライナー・マリア・リルケ、ナニー・ヴンダリー＝フォルカルト夫人への手紙』全二巻として刊行されている(15)。そこにはフォン・ザリスの序文が付いている。先ず、その序文から彼女の横顔を覗いておこう(15)。

「……ナニー・フォルカルトは一八七八年九月七日、ヴィンタートゥールで生まれた。マイレンの老舗の家族企業を若干の使用人従業員と共に経営していたハンス・ヴンダリーと結婚した。一九六二年十二月十八日、ナニー・ヴンダリー＝フォルカルトは亡くなったが、その前に彼女自身、軽い気持ちではなしに責任ある自覚の中で自分の所有物の中にあるリルケ文書類を研究や公のために利用させないことは許されるべきではないとの願いを訴えていた、そのため既に一九五一年から五二年に掛けてベルンのスイス県立図書館に分割寄贈されていた。この書簡集中の公にされた書簡は彼女が長らく無傷で保管していたもので、彼女の寄贈のお蔭である──非常に広範囲な外部資料である……」と。

貴重な資料ではあるが、残念ながら彼女の手紙は本人の意思で省かれている。この書簡集は次のリルケの手紙で始まっている(15)。

「一九一九年十一月七日、ザンクト・ガレン、ホテル・ヘヒトにて

親愛なる奥様、

私にかくも晴れやかで幸せに思える《マイレン》という名前を外からも再三再四前面に押し立てるためにアルコールフリーのワイン工場を愛すべき神（一切を必要とする）は口実にしているように思われます。私はどんなにか喜ばしく感謝の気持ちを込めて何度もその名前を読んでおりました。

多分明日の午後私はヴィンタートゥールに行くことになりましょう。あなたの子供時代の家がどの辺りにあるのか私に教えて下さるようお願いするのを忘れてしまうなんて——誰にも聞けそうにもないことですし、それを見つけるために少しうろつくようになりましょう。ピトエフが私の主要案件となりましょう——そして多分日曜日にはもうチューリッヒへ向かいます、そこの商工ホールで彼らが繰り返すことになる《朗読会》、私には二回目となりましょうが、その会を受け入れるためにです。私はあなたに劇場でお会い出来るかと期待しておりますが？あるいはあなたは今日デブローの上演に行かれますか？

私との出会いをあなたの回想の中に呼び起こすようなご挨拶をこのような一枚の便箋でお届けすることは私には不可能のように思われます——いや、実は沢山あります、そして夫々は四枚の詩よりも多くあるのですが。

あなたのリルケ」と。

前述した『ライナー・マリア・リルケ、ナニー・ヴンダリー＝フォルカルト夫人への手紙』に付属する年表によればリルケがナニー・ヴンダリー＝フォルカルト夫人に初めて会ったのは一九一九年十月三十日、チューリッヒの診療所でのことだったようだ。そして、この手紙にあるように十一月十一日に二人はチューリッヒで会ったという(15)。《リルケは何故この夫人に腹蔵なく手紙を書いたのか》《彼女が彼には勝利者のように、そして確信的で、勢いがあってしかも慈悲深く見えたからだ》とフォン・ザリスは自問自答している(12)が、このフォン・ザリスの見立てのように、リルケは以後ナニーに心の内を頻々と打ち明けて行くが、その進展は少し後で、実は、スイスへ逃亡して来た年――つまり、一九一九年の夏からの一年は不安続きの一年だったのである。リルケはまだ、スイスで落ち着けるとは思っていなかったのである。

リルケはソーリオでスイスの大自然に魅せられ、この静寂のうちに『悲歌』を完成出来ると思ったが、スイスではリルケはいわば根無し蔓のようなものであった。知人の家やホテルを転々として朗読会で生計を立てるといういわば惨めな生活を余儀なくされていた。静寂な創作の場を無償で提供してくれる庇護者を夢見ていた。というより、リルケの収入では自力でそのような場を確保することは不可能であった。かつてのカタリーナ・キッペンベルクやタクシス侯爵夫人のような裕福な庇護者が、スイスでもリルケの創作活動には絶対に必要であったのだが、まだ現れていなかった。リルケの頼みの綱はやはり、タクシス侯爵夫人であったのだろう。

リルケは翌年一九二〇年の五月三日にバーゼル近郊プラッテルンのシェーネンベルク荘園か

らタクシス侯爵夫人に惨めっぽい手紙を書く(13)。この荘園は友人のフォン・デル・ミュール＝ブルクハルトの所有でリルケは三月初めからずっと厄介になっていた。

「……現在私はどうすればよいのかさっぱり分かりません。自分はどうなるのだろうか？　殆どの友人はみんな私に全く想像も出来ないこのドイツの混乱について警告しています、その上、勿論のことですが、バイエルン州も十四年八月一日以降移住した《外国人》の追放を発令しました、そしてこの法令は私にも真っ先に文字通り適用されるでしょうから、そうなれば私のミュンヒェンの家は多分もう間違いなく取り上げられていることでしょう。私のスイスでの滞在許可は五月十五日に切れます。独力で滞在許可を延長すれば、経済状況が私により長い滞在を許さないでしょう。そして、イタリアでもパリでもマルクの流通は厳し過ぎるのです、ですからそこへ身を投ずれば、最低の困窮を強いられる危険を冒すことになりましょうが、それは出来ません（勿論、私は若干の日数でチェコスロヴァキヤのパスポートがとれるでしょう、そうすべきだったのです）。どうすれば良いのでしょうか？　チェコスロヴァキヤのパスポートをとってボヘミアに行くべきでしょうか？　真っ先にすることを教えて下さい！　……そうですとも、私の苦境の全てにあなた様の思いやりを賜われることを私は知っておりますし、昔の良き関係にかこつけたその思いやりに耽っております……」と。

タクシス侯爵夫人から八日、早速手紙が来た。「何も言わずに来なさい。そして、お望みなら今すぐヴェニスに来てそこで私を待って下さい、メッツァニーノ（中二階）があなたの役に立つでしょう」(13)と。（訳者注：メッツァニーノとはヴェニスのヴァルマラーナ宮殿の中二階にある

侯爵夫人の邸宅、夫人は一八五五年のヴェニス生まれ、かつてヴェニスはオーストリア領であった）

一九二〇年五月二十一日、リルケは再びタクシス侯爵夫人へ手紙を書く(13)。

「……チェコスロヴァキヤのパスポートはやっと届いたのですが、スイス国内だけが有効でヴェニスにまで行けるのかどうか分かりません。そのためヴァルマラーナ行は中止せざるを得ないように思いますので取り急ぎご連絡致します。あなた様のご計画に、そしてご承知おきの帰り道にもご親切に私のことを幾分かお考えにお入れでしたら、どうか合流して、あるいはご一緒に旅する可能性はなくなりましたのでそのようなことはお考えにならないで下さい！……」とくだくだしい。

タクシス侯爵夫人からはそれならラウチン（夫人のボヘミアの居城）に来なさいと示唆する手紙を受け取るが、リルケはどうしてもヴェニスで夫人に会いたいとの思いを募らせ、滞在延長の許可を得るためベルンの当局へ出向いた。ナニーへの六月九日付の手紙(15)によれば、十一月十七日までの滞在許可とイタリアへのビザを取得したとある。「キアッソを越える道が魔法の一撃をもってのように私には自由になります。明日、木曜日の午前五時の協定列車に乗って直接ヴェニスに立ちます。マリー・タクシス侯爵夫人が十二日に向けて先に行っていたいと言うのでそこで一日だけ彼女に会えると思っています。それで積る話が出来ることになります」と、うきうきした調子で述べている(15)。そして、予定通りヴェニスのメッツァニーノで六月十二日にタクシス侯爵夫人と再会するのである。

リルケのウジウジした困惑ぶりが目に見えるようではある。いかな天才詩人でも浮世の世事には素早く知恵が浮かばなかったこともあろうが、内心ではタクシス侯爵夫人へ甘えたかったのだろう。リルケとタクシス侯爵夫人の間はまるで本当の親子のような関係にあった。どうしてよいのか分からなくなった幼子が母に知恵を授けてもらおうと甘え、母もあげつらうことなくわが子の気がかりを情愛深く取り払って上げようとした。しかし、手紙は残っていないが、タクシス侯爵夫人はリルケの優柔不断に少なからず苛立っていた様子が、リルケに宛てた《あなたのお手紙待ち焦がれています》という電報からうかがえる(13)。夫人もリルケ以上に忙しくてリルケのために一日だけヴェニスで会うという計画だったので、旅程の変更を気にしていたのである。

リルケがタクシス侯爵夫人に最初に会ったのは一九〇九年の十二月十三日、パリのホテル・リヴァプールにおいてであった(13)。リルケが夫人の呼び掛けに答えたのである。夫人とは二十歳も年が離れており、文字通りの親子の年齢差であったが、この年齢差が二人の関係を情愛あるものにしていたのである。翌年一九一〇年四月にはリルケは初めてアドリア海に面したドゥイノの夫人の居城に招待された。『ドゥイノの悲歌』のインスピレーションが湧き起こるのは第二回目のドゥイノ滞在の一九一二年一月のことである。

それから大戦の騒乱をはさみ殆ど霊感は戻って来なかった。スイスへ逃れて一年になろうとしていたが霊感の痕跡すら訪れることもなく、リルケは焦燥の極に達していたのであろう。ドゥイノの居城は最高の隠れ家ではあったが、大戦によって破壊され、もはや当てに出来るところではなかった。しかし、タクシス侯爵夫人との再会をきっかけにまた霊感が戻って来るような気がした。それに昔のヴェニスの風景が目に浮かび、またタクシス侯爵夫人の庇護が得られそうな予感もした。矢も楯もたまらず先ずは夫人に助け船を頼んだのである。

　リルケはヴェニスのメッツァニーノで一月を過ごすことになるが、六月十五日、ヴェニスからナニーへ手紙を出す(15)。

「……今、ヴェニスにおります。文字は読めましょうとも、ヴェニスの雰囲気がどのようなものか感じられましょうか。私自身ヴェニスが良くなったのかどうか？　――分かりません。ひとかけらの破壊で済んだ一九一四年の状態へ現在を合わせることに今が一番の好機であること、そして、それによって、ヴェニスが出来るだけ変わることのないよう今はただ、願うのみです。運命の女神がこの願いをお認めになって、例の言葉と几帳面さをもって、そして、おとぎ話の中で時々願いを叶えてくれる、しかも愚昧な願い人の偏狭な近視眼には分からないでしょうが、あらゆる願いを叶えるに必要な諸々のものも含めた几帳面さをもってヴェニスを取り扱おうと決心されることを願っております――そうすれば殆ど変わらない状態に保たれると私には思われます……」と。

《一九一四年の状態》とはまだドイツ・オーストリア・イタリアの三国同盟の生きていた時のヴェニスという意味なのであろう。一九一五年四月、イタリアは同盟を離脱して、連合軍へ加わりドイツ・オーストリアと敵対するのである。当然のことながら、大戦後、ヴェニスはイタリア領となる。

　この手紙はナニーに対する言い訳のように聞こえる。ヴェニスが戦後どうなったのか気になってスイスを抜け出したその言い訳のように。それも確かにあったのだろうが、やはりタクシス侯爵夫人に会うことの方がリルケの頭の中を支配していたと見るべきかもしれない。文章がとてもねちねちしているのはそんな感情の表れであろうか。更に七月六日、ナニーに書く(15)。更にねちねちと。

「……書けばうんざりします。ねえ、それで私はこれからの不自然な定住、私が——まあこうなってしまったのですから——自分の現存在を一種の休眠状態に置いて息を殺して耐えざるを得ない定住、多分この無感覚の状態が私を生き長らえさせるでしょうが、それじゃ決して損失なしには済まされないでしょう、生計を立てられてもです。人は自分に常に賭けをすべきです、ですから私は境遇以上になるよう渇望するのです、たとえ仕事のためにあらゆる危険に身を晒そうともです——ただ相応にしか滞在地の選択が許されていません……ソーリオ？《もう一度ソーリオ》とは、もはや考えていません、スイスの稀に見る優れた土地ではありますし、そこでは私の仕事との親密さを覚えましたが——一年前イタリアの暗示を受けました、ヴェニスが何となく意識の中にありました、そして、《繰り返し起こる》が、ただそれだけの《もう一度か》という遠慮が、ここでの体験によって益々より大きく正当になりました。私は（ここでのそこつ者故の経済的理由から）スイスではほんの短い間しかいられないでしょう、多分日日《にちにち》位しか、その時はミュンヒェン（あなたは新聞でご存知のように、私は今や障害なしに帰郷は許されるでしょうが）——あるいはボヘミアのどこか——ラウチンか——あるいは出版社のあるライプチヒ、それから……しかし、こんな風には誰も予見出来なかった。

ああ溜息が出ます――、もし、いつか、何処かで私を待っていてくれるのでしたら、とにかくボヘミアの森を出て《小さな家》と庭へあなたのように完全に戻ることが許されるでしょうに――ああ、あなたのあまねく純粋で澄み切って、血の通われる御心を何と感じますことかしら！　しかし、私にはこれからもこのような手立てを考えることなど全くと言って良いほど出来ないのです……」と。（傍点フランス語）

あれほどヴェニスヴェニスと言って置きながらあっさり捨ててしまう。ドゥイノの崖下を洗うアドリア海の荒波がヴェニスに流れ着いて『悲歌』の霊感を運んでくれるのではとの期待は見事に打ち砕かれてしまった。もうスイスに漂着するしかなくなってしまったのである。

これは殆ど泣き落としに近い。リルケが相当に切羽詰っていたとは理解出来る。しかし、リルケにとって思いを遂げる手段として、このような強引とも思える口説き方は過去にも案外躊躇わずに使っていたようにも思える。丁度二十年ほど前、初めてサロメに会って、自分を売り込もうと翌日から手紙を雨霰の如く降り注いだことが思い出される(14)、その結果、サロメはその『ルー・ザロメ回想録』で「私たちは友人になる前に夫婦になりました」と告白するような関係になってしまった(16)。ナニーが心動かされたことは想像に難くない。いや、動かされるというか、これだけの手紙を受け取ったら、彼女でなくとも知らん顔など出来ようがない。彼女は既に内々手を打っていたと思われる。リルケはヴェニスから帰って直ぐの七月十五日に、マイレンにナニーを訪ねている。そして、八月四日、ナニーはリルケを連れて、チューリッヒに近いイルヒェルのベルクの館に向かった。当時この館はチーグラー家の所有で、夫人のリリー・チーグラーとナニーは親しい友達で、リルケの希望を叶えてやろうと、リリーを訪ねたのである。この会見で、リルケには将来この館が借りられそうな予感がしたのである。リルケの望む静寂な環境の中の居宅と庭園。これでリルケは少し安堵したのか、八月六日、ジュネーヴに入って翌日から、ある女友達（次章で紹介することになるメルリーヌという女性である）との束の間の再会を喜び合うのである。束の間とはもう十二日には彼女がベアテンベルクに立って行くからである。リルケはその八月十二日、ナニーに「……月曜日の夜は真っ暗でした――五時から、青春時代から知っておりますエーリッヒ・Kのクロソウスカ夫人宅の居心地の良い部屋で過ごしました。クロソウスキー家もパリ（彼らはサン・ジェルマン・アン・レに魅力的な由緒ある家を持っておりました）からの亡命者に属していましたので、私どもは多くの思い出の中で互いに助け合い、一寸ばかり私どもの係りあったパリを前提にして先へ進めているのです。そうは申しましても、ここでは一人であっても、パリではK夫人とは殆どお会いしてなかったのです――しかし、同じような不遇が縁を取り結ぶのです。残念ながら、K夫人は今日旅に出ました……」と彼女を紹介している(15)。リルケの訃報を真っ先にこの女性に伝えたのはこのナニー夫人であった。二人の間の愛の深まりをずっと観察して来たナニー夫人であればこそパリにいる女友達の心情を理解出来たのであろう。自分の恋人を腹蔵なく信頼する婦人に紹介するなど、ここにリルケの知己のネットワークを大事にする姿勢を感じるのである。

この時期リルケは過密スケジュールをこなしていた。先の年表(15)によれば、

九月十一日　チューリッヒ

九月十三日　マイレン
九月十四日　ヴィンタートゥール
九月十五日　チューリッヒ『新フランス評論』の俳諧作品を読む
九月十六日　マイレン
九月十七日―二十日　ラガツ　ヴァルテンシュタインのグーディ・ネルケ夫人宅
九月二十日　チューリッヒ、マイレン
九月二十三日　マイレン
九月二十五日　チューリッヒ
九月二十六日　チューリッヒ　ホテル・ボール・オー・ラック

このようにラガツへ向かった以外はナニーと行動を共にしている。ラガツはソーリオで会ったネルケ夫人を訪ねたのであるが、この人は一九〇五年から一四年まで日本で暮らし、一九一七年夫の死後、日本人の家政婦松本あさを連れてスイスへ移住して来ていたので（5）（15）、リルケはこの人から日本に興味を持ち、更には日本の俳諧にも興味を持つに至ったのである。リルケが俳諧にどう対応したのかは興味が尽きないので、ここで少し寄り道をしてみよう。インゼル書店の『リルケ全集』（1）によれば、リルケは少なくとも三句の俳句らしい詩を遺している。

花咲けど

愛の木なれば
実の難し

一九二〇年九月初めころの作（ドイツ語）

俳諧の素養のない訳者にはこの俳句の出来栄えを云々することは出来ないし、ましてや日本の俳句の形に収めて訳す能力もないが、取りあえずこのように訳してみた。残り二句を挙げておこう。

春まだき
出でたる紙魚の
今宵まで

一九二〇年十二月二十五日作（ドイツ語）

あまたなる
紅白粉も
ただの石

一九二六年秋作（フランス語）

この時になってやっとフランス語で十七音の三行詩となったが、その内容は俳句とは言い難い。後述する墓碑銘もリルケ流の俳諧を目指したのかもしれない。墓碑銘はこの句の一年前の作である。そう思わせるのは墓碑銘を作詩した一九二五年の秋にはリルケはかなり俳諧にのめり込んでいたように思われるからで、その一つの左証となると思われるのが一九二五年十一月二十六日のソフィー・ジョーク嬢宛の手紙である(17)。彼女はローザンヌの閨秀画家である。彼女は半抽象画を描く画家だったのだろうか。

「……ほら、お嬢さん、一寸した選択（訳者注：書簡集の注によれば俳句の選択であったようだ）がありますす、作るようにと私を見ているあなたの小さい作品を前にして、あなた用に作ったものです……態度が似ていませんか？　出来事やそれに誘発されて起こる感情と結びついたバラバラな要素が入っている錠剤を作る技術に、ただし条件があります、この感情というものはイメージの持つ単純な喜びによって完全に消え去っていなければならないのです。見えるものはしっかりと手に取れます、熟した果実のように摘み取られますが、しかし、重さは殆どないのです、と言いますのは捉えられた瞬間に見えないものへと変わるよう強いられるからです。ですから、一番大きな人物のある絵はほかのものとは同じではありません。そこでは人物は見えるという球上につながっております、人物とその周りの物との間にある統一性は完全さを欠いています。リアリティーの沈殿物、名残りのようなものがあります。ところが私の選んだ絵の中には、何と素晴らしい統一性が、何と素晴らしい洞察が、何と素晴らしい使われた全ての工夫を結ぶ方程式が——何と素晴らしい歌が！……」とある。

このリルケの考えは『悲歌』の哲学そのものである。既にリルケはこの時期には『ドゥイノの悲歌』を完成させており、『第七の悲歌』『第九の悲歌』の中で同じ考え方が主張されていた。また、この手紙の二週間前には（一九二五年十一月十三日）ポーランドの著述家フレヴィッツへの手紙の中でリルケは「我々は目に見えないものを集める蜜蜂です。目に見えないものの偉大な黄金の蜜房の中で蜜を蓄えるために我々は目に見える蜜を夢中になって飲むのです」と特記していた(17)(20)（傍点フランス語）。《目に見えるもの》を《目に見えないもの》に変えることによって永遠に存在出来るようになる。つまりは、《目に見えるもの》を《目に見えないもの》へ変容させるとは、「無常」を「常住」に変えるということでもある。それによって「死」を超克出来るのである。何故なら「死」は「生」の見えない側面であるからである。こうやって「死」の世界で「生」が永遠に生きられることになる。『第九の悲歌』では《大地よ　お前の望むことは　我々の中で目に見えないものとして　復活することではないのか　いつか目に見えないものとなることが　お前の夢ではないのか》とある。《大地》とは「万物」のこと、また、《我々の中》とは「我々の心情の中、心の中」ということである。これらのことは第六章でまた触れよう。リルケが俳諧をこのように理解したからこそ、俳諧に非常な興味を覚えたのであろうか。しかし、俳諧に興味を持ってから『悲歌』の完成までは時間を要しているから、直接的関連はなかったのかもしれない。むしろ、ソフィー・ジョークの絵を見てその関連に急に気が付いたというのが真相なのかもしれない。そう考えるのは、これほどの思い入れにも拘らず、失礼だが、リルケは俳諧では成功しなかったからである。

リルケはヴンダリー夫人から歓喜のメッセージを受けた。チーグラー大佐夫妻がイルヒェルのベルクの館を冬の間使わないので夏の初めまでリルケに使わせてもよいと。そして、ヴンダリー夫人自身は、この家の家政婦とリルケが孤独の中で仕事が出来るために必要な全てのものを準備していると(2)。ヴェニスもソーリオもドイツもボヘミアも諦めていたリルケにとって、半年とはいえ、静寂な環境が準備されたことは正しく歓喜の朗報であった。冬の隠れ家が確保されたのである。リルケは最初に訪れた時からこのベルクの館に魅了されていた。十八世紀の古い居宅の霊の漂うような静けさ、それに大きな木、噴水、芝生の真ん中にある池のある庭園に『ドゥイノの悲歌』の完成を予感したのであろう。

十月十七日、リルケは女友達に次のように伝えた(3)。

「……ベルンに着いた途端、冬の間の計画を改定せざるを得なくなった――というのはここでベルクの館の写真と細かい指示書を見つけたのだ、それによれば、所有者が近いうちここを出ることになっており、僕に最後の決定的決断を求めて来たのだ――僕は熟慮した――メルリーヌ、もう一度考えながら、この申し出は僕が長いこと探し求めて来た隠れ家そのものであるとの確信をひっくり返すことが出来ないようなよいことずくめである――決断は急がれている――僕は受け入れざるを得ないのだ……」と。

随分持って回った言い方で、多分に冬籠りに対して彼女への遠慮があったに違いない。リルケはこの手紙でパリへの郷愁抑えがたく訪問したいとも伝えている。

「……僕がいま必要としているのは、君が僕の決定した決断を支持してくれることだよ――軽い気持ちでいて頂戴、僕は君のことを十分気遣っている、素晴らしい人、助けて——バーゼルに一言《速達》で頂戴。今晩そこに着く予定だ。ベルクの写真同封するよ、そして、全てを話す機会を持とう、というのはパリからジュネーヴに帰って来るから、そして、ベルクへの静かな逃亡への準備をするまで、そこで留まれるんだ……」と。

そして、十九日には、ジッドから『田園交響楽』を受け取って、「彼だからこそこの小さくも好意あるサインを出してくれたのだ、私は全く率直に彼に近付くことを遅らせてはいけない。なんという好機到来だ」(3)と告げて、パリ行きを決行して二十三日から二十九日までパリに滞在した(8)。スイスへ逃亡して来たが、スイスはリルケの精神を高揚させるどころか、疲弊させていたのである。そのことはパリでジッドに会うこともなく認めた手紙の内容から、うかがえるだろう(8)。

「一九二〇年十月二十四日　日曜日　パリ、オテル・フォワヨより

親愛なるアンドレ・ジッド様

丁度四日前バーゼルであなたがご恵贈下さいましたこの美しくも良心的な大著を拝受いたしました——長いことお待ちしておりました、ずっと前からの私の喜びを先送りして辛抱していた甲斐あってこそ、大きな喜びです。

それにも拘らず、この羨むべき偶然は確かな正確さを以って働いてくれました——パリへの

出立を決めたその日に──私のことをまだ覚えていらっしゃられると感じましたあなたのご筆跡こそ、私の計画に対する何という予期せざる認可でしょうか。

ジッド様、私の創作に関しましては、元のままで、それでも生きております。

それ以上は感情が高ぶって申し上げられません。思っても見て下さい──昨日から──私、リュクサンブール公園やパリの街中を散歩しました──私には殆ど欠くことの出来ない多くの場所への愛着を感じていたこと、そして、時々それらとの接触が余りに目の当《ま》たりなものですから目を閉じざるを得ませんでした（急に）。

この度は数日だけしかおりません──しかし、継続の強い確信を持ち帰ることが出来ます、それは確かです──あなたは『田園交響楽』をご恵贈下さって私をこのような感情にさせて下さった最初の人です。

本当にありがとうございました！　もう一度重ねて！


リルケ」とある。


この四年半ぶりのジッドへの手紙がここ数年のリルケの荒廃していた感情のすべてを言い尽くしている。

そして、高揚した気持ちを失ってはならないと、座席券も取れず立ちん坊でパリから帰って来るのである。暫く、女友達とジュネーヴで過ごした後、十一月十二日、ナニーと連れ立って、ベルクの館に入った(2)。そして、早速、十八日に女友達に便りを書く。その内容は半年後の絶望的感情を全く感じさせない希望に満ちた、とてつなく長大なものだった(3)。

「……収穫して下さい、愛の最初の収穫を、私たちの変わらぬ熱で熟成させた数え切れないほどの収穫物を魂の穀倉に収めるために働いて下さい。僕は《イマージュの狩人》として山々に上り、隠遁者となり、沈黙し、道に迷う——しかし、君は、僕の美しい谷であり、僕の心の笛であり、君は、愛の慎ましい労働者である僕が没頭したテラコッタの壺であり、霊感を受けたその曲線であり、この曲線は君を神の御用に永遠に運命付けたのです。——君、君が天性の冷静なる忍耐力を持たんことを！　風景の、笛の、神聖な壺と同じ忍耐を！……この孤独が僕の周りで閉ざされて以来、（それは最初の日から完璧でした）僕はもう一度、恐ろしい想像の及ばないほどの生と最高の仕事との分極を経験している……

愛しい人、（何も言わずに）バルチュスに私からのキスをして下さい。未だしなかったのが悔やまれます。いつも内心咎めている馬鹿のことの一つです——帰ったらします、僕が彼に覚える優しさの全てをもって。僕は電話で出版者に話しましたところ、エルレンバッハから手紙をもらいました——そのうち契約の運びとなるでしょうが、ただ、そこにサインするのは僕だけになる模様です、と言いますのは、バルチュスが未成年で如何なる契約をもすることが出来ないからです……」と。

（訳者注：エルレンバッハとは後に述べることになる『猫』の出版を引き受けてくれたチューリッヒのロータフェル社の所在地）

ここには「愛」と「仕事」と「バルチュス」の三つの重要な事柄が触れられている。リルケが《私たちの変わらぬ熱で熟成させた数え切れないほどの収穫物を魂の穀倉に収める》と言ったのはますます熱を帯びて来る次章でやや詳しく述べることになる女友達メルリーヌに対して愛をいったん休憩しましょうと言いたかったのであろう。休憩している間に《僕はイマージュの狩人》になって仕事に打ち込みたいんだ、だから、僕が言うまでほっといてと、ずいぶん身勝手で冷ややかな心情を詩的表現をもってリルケらしく隠蔽した。それは当然である。ベルクの館に入城したのが《最高の仕事》のためだったから、愛によって邪魔されたくなかったのである。《生と最高の仕事との分極を経験している》とは、そのような現実の世界から隔絶した仕事の世界にいるんだということなのだろうか。彼にとって今や、愛どころでなかったのであろう。それでも、やはり、メルリーヌへの遠慮、というか、機嫌を損ねたくないという気持ち、あるいは、もはや、恋人同士の域を超えて、メルリーヌを愛しているとでも言いたくて、次男のバルチュスのことを持ち出したのであろう。彼の描いたミツウ物語にわざわざ余分と思われる序文まで書いて、未成年者のバルチュスに代って自分が率先して契約者になって出版してやりたかったのであろう。この猫物語は第四章で述べたい。

三、メルリーヌ——リルケ最後の恋人（一九一九年夏—一九二六年末）

スイス時代のリルケを支えた人物は数多くいるが、中でも、ナニー・ヴンダリー＝フォルカルト夫人、その従兄弟のヴェルナー・ラインハルト、そして、前章でちょっと触れた女友達、リルケ最後の恋人メルリーヌの三人は特筆すべきであろう。前二者は経済的にも精神的にもリルケを支えたが、メルリーヌは経済的には無力ではあったが、リルケの創作活動に献身的に携わった。このメルリーヌとは如何なる人物だったのだろうか？　富士川英郎は既に一九五五年に、その家族関係を明らかにしている(30)。それによるとポーランド系ドイツ人で、「同じく、ポーランド系ドイツ人のエーリッヒと結婚し、パリに定住し、ピエールとバルチュスという二人の息子を儲けたとある。自身はバラディーヌ・クロソウスカと名乗った閨秀画家であったという。リルケは彼女のことをメルリーヌという愛称で呼んでいた。富士川は「リルケが初めてバラディイヌと識りあったのは一九一九年六月二十日、スイスのジュネエヴに於いてであった」というが、それは間違いである。確かに、この日に二人はジュネーヴで会ったが、初対面ではなかった(12)。そのことは前章で引用したリルケのナニー宛の手紙でも明らかで、エレン・ケイの紹介でリルケがパリのカセット街に住んでいた一九〇七年頃にまでさかのぼれる(2)。

『愛の始まり』と言う詩が遺されている。作詩時期はインゼル書店の『リルケ全集』（1）によれば一九一五年の春か夏という。この時期、リルケはルー・アルベール＝ラザールと一時離れていたから、ルーとの愛を歌ったものではなかったであろう。それに、彼女との愛は既に始まっていた。リルケがメルリーヌとジュネーヴで再会するのはその四年後ではあるが、リルケは新しい愛の到来をこの時既に予感していたのであろうか。四年後、五年後にリルケのメルリーヌへの愛が始まるのである。

ああ　微笑《ほほえみ》　初めての微笑　私たちの微笑
それは何と一つのことだったか——菩提樹の香りを吸ったことも
公園の静けさを聞いたことも——そして突然互いにのぞき込むと
直ぐ傍らで　微笑み合っているのに驚いたことも

この微笑の中には　思い出があった
丁度その時　かなたの芝生の上で遊んでいた
一羽の兎の——それは微笑の
無邪気な始まりだった　白鳥は前もって　その時はもう
動き掛けていたような気がした
それから　私たちには　この白鳥が　静かな夕べの池を

二つに分けるように動くのが見えた——そして
純粋で　屈託もなく　もう完全に来るべき夜となった
空を背景に　梢の縁が
私たちの顔《かんばせ》に浮かぶ微笑に　輪郭を描きに来ていたのだ
有頂天の未来のために

もしかしたら、リルケはミュンヒェンを立ってスイスへ行こうと考えた時、メルリーヌとの再会を期待していたのかもしれない。既にメルリーヌがジュネーヴのプレ・ジェローム街のアパルトマンに住んでいることを知っていた。十一日、チューリッヒに着いて数日を朗読会で過ごし、その後、女友達のドブルチェンスキー・ヴェンクハイム伯爵夫人のレマン湖畔ニヨンの別荘に招かれて、そこでちょっとだけ過ごした後、二十日にはジュネーヴへ出て、プレ・ジェローム街にメルリーヌを訪ねている(2)からである。余りにも手際が良い。

このメルリーヌの横顔をもう少し詳しく覗いてみよう。一八八六年に現在のポーランドのヴロッワフに生まれた。幼名をエリザベート・ドローテア・シュピロと言い、後にバラディーヌ・クロソウスカと名乗って、閨秀画家の道を辿った。リルケは彼女のことをメルリーヌ（ツグミという意である）という愛称で呼び、友人はムーキーという愛称で呼んだ。当時のヴロッワフはプロイセン領であったのでポーランド系ドイツ人ということになろう。第一次世界大戦終了後、ポーランドは独立して、彼女もポーランド国籍となった。同じくポーランド系ドイツ人で画家であり美術史家のエーリッヒ・クロソウスキーと結婚し、パリに移住して、ピエールとバルチュスという二人の息子を儲けた。ピエール・クロソウスキー（一九〇五―二〇〇一）は後に小説家、評論家、翻訳家、画家として活躍し、サド、ニーチェなどの評論『わが隣人サド』『ニーチェと悪循環』のほか小説『ロベルトは今夜』などを書いた。一方、バルチュス、本名バルタザール・クロソウスキー・ド・ローラ（一九〇八―二〇〇一）は後画家として大活躍した。

一九一四年、大戦勃発によってドイツ国籍故に一家はパリを追われドイツへ戻った。一九一七年夫妻は離婚し、メルリーヌは二人の息子を連れてスイスへ逃れて来たが、生活は苦しかったであろう。一九二四年にパリへ移り住むが、やはり生活はかなり厳しいものがあったようである。メルリーヌは長命を保って一九六九年に亡くなっている。

ジュネーヴでリルケに再会した時は三十三の女盛りではあったが、十四と十一の二人の息子を養う身でもあった。二人が積る話に夢中になって時の経つのも忘れたであろうことは容易に想像出来る。そして、現在の暮らし向きについても当然話題に上ったであろう。リルケが将来この二人の息子たちの面倒を見てやらねばならないとこの時既に考えたことも想像出来る。その後二人は頻々と逢瀬を重ねることになる。

既に紹介したようにリルケは一九一九年七月二十七日、ソーリオに入ったが、八月四日、ここから初めてメルリーヌへ手紙を書いた。ジュネーヴで約束したルイーズ・ラベのソネットをベルンに着くなり購入して同封していた（3）。

「とても親愛なる奥様

私があなたのことをお忘れしているなどとはお思いではないでしょうね！　実際、これほど遅れてお便りするなんて恥じております。でも、毎週毎週、ずっとお便りを引き延ばしてしまったのです、休息の時、いわば休戦の時――スイスでの私の日々の支配者であったこの運命よりも少し超えたところにある時間を待ちながらです。正しく私はベルンで素晴らしい日々を送りました――この都市の歴史的な不撓不屈の精神は、この都市の良心が馬鹿げたブルジョア趣味と極めて鮮明なコントラストを示しているだけに、尚のこと感動的な恩恵を私たちに与えているのです。その良心に対して今尚多くの力強い堅固な証拠を見ることが出来ます。つい今でもそのブルジョア的なものに対して焦燥と絶望的な力をたんと注ぎ込んで戦っているのを見ました。しかし、この同じブルジョアもその初期の頃においては、かくも重苦しい統一ある記念碑を建て、それによって、慎ましいが、果断なそして信心深い、決定的な性格を都市全体に亘って表現出来ると、ブルジョアも知っていたのだと時々思い出すことは悪いことではありません。

これらの印象とは別に、ベルンではスイスの非常に雅量のある友人たちを見つけることが出来ました。それはこの難しい国に本物の条件で仲間入りするのに大いに役立ちました。ホテルの主人の厄介な性格の基になっている地理的な側面とわざとらしい外観以上のものを知らなければ、何年も慣れることが難しいのです。実際、チューリッヒでこの素性の知れない雰囲気にすんでのところで落ち込むところでした。後に、ビルヒエルのサナトリウムでちょっと治療しようと思いチューリッヒへ戻って来たのです。しかし、自由への願い（この五年後の）が強過ぎて、そんな蟄居には屈服することはどうしても出来なかったのです。私はそこから遠いところ、小さな山村のソーリオへやって来ました。サン・モリッツから駅馬車で行けます。小さな石造りの家が何軒か、崖の縁に教会、宿屋になっているザリス時代の王宮──それらがソーリオの全てです──山の中腹に全てが鎮座せねばならないのです。お望みなら雪の被ったほかの山々に向き合わねばなりません。しかし、（重要なことは）イタリア（私たちは一時間でその国境へ行けます）の麗しい太陽をこの調和の上に尚一層輝かせて下さい。そして、長い傾斜地にあの有名な栗林をご堪能下さい。恐らくあなたはこの広々とした神聖な美景をもうお聞きにになられたことでしょう。私の方はこれだけです。しかし、親愛なる奥様、私はあなたが何処においでだと思ったら良いでしょうか？　月並みの言い方ではありません。と言いますのはあなたと過ごすことの出来たあの時間を私は感謝をもって常に生き生きとしかも頻々と思い出しております──特に私たちの最後の晩、何と全く突然でした、私に素晴らしくも強固な思い出を作ってくれました。ベルンに着いて直ぐに翌日、私の約束しましたルイーズ・ラベの小さな本を買いました、今日になってしまいましたが、やっとあなたのお手許に届けられるでしょう。私がちょっとばかり永遠の尺度をもって評価していることお分かりになって下さい。しかし、あなたもこれにも良いところがあるなとお思いになってくれるでしょう。私はその日マズレールの『時禱書』を心躍る思いで急いで買いました──絵を集めた豪奢な本が私を何と幸福にしてくれたことでしょう！　一度ならず、私は生命の汲めども尽きせぬその豊饒さと想像力に驚きました。そして、この宝物はあなたのお蔭にこそあるのです。

そして、あなたの可愛いお子さんたちはお元気ですか？お便りちょっとでもいいですから下さい。あなたのご計画をお聞かせ下さい。今の旅を終えて後ほどジュネーヴに戻りましたら、お目にかかれることを保証して下さい。

敬具

あなたの

リルケ」と。

引用が長過ぎたかもしれないが、この当時の二人はまだ友人同士の少し角張った態度であり、他人には一年後の急速な接近などとても予測出来るものではなかろうが、しかし、リルケはこの時既に彼女との縁を感じ取っていたのであろうか。《ルイーズ・ラベの小さな本》とは十六世紀フランスの情熱の閨秀詩人ルイーズ・ラベの二十四のソネットをリルケが独訳して、一九一七年秋にインゼル書店から出版されたものである。既にこの詩人のことは『マルテ』にある。ガスパラ・スタンパ、マリアナ・アルコフォラッドと同じように激しい一方的な愛を捧げた愛の女性として登場する。何故二人はこのソネットを話題にしたのだろうか。リルケはどうしてこの本を送ろうと約束したのであろうか（後にリルケはメルリーヌに自ら独訳した『マグダラのマリアの愛についての説教』を贈っている——独訳の表題は『マグダレーナの恋』となっている、一九一二年出版）。彼女らの愛を讃嘆して、メルリーヌに語ったのは謎掛けだったのだろうか。いや、リルケのこの手紙を読む限り当時そこまでは期待していたとは思えない。

しかし、その後の二人の愛の軌跡を追ってみると、どうやらメルリーヌはこのソネットのような激しい恋に陥って行くのである。何とも不思議だ。運命とは便利な言葉である。しかも、リルケがシャミリー伯にはならなかったことは幸いであった。

リルケは一九一九年十月十四日にジュネーヴに帰って来た。そして、メルリーヌと再会するが、ここで十月十七日初めてメルリーヌがリルケに手紙を書いた⑵。その内容は、先程のリルケの手紙同様挨拶程度のものである。

「……あなたの下さった薔薇が情け深い優しい二本の手のように私に届きました。あなたのご訪問の後、何故だか分かりませんが、私は深い憂愁に閉ざされた思いがしております……」と。

そして、結びは「どうか穏やかな静かな冬を過ごされることをお祈り申し上げます」とあって、特段、話題にするほどではない。

二人の愛はこれ以上この年は進展しなかった。そのことは前章のリルケの事情があったからであろうか。しかし、一九二〇年の夏、リルケの事情の好転が予想される頃から、二人は急接近して来る。リルケのスイス滞在が半永久的になるかもしれないとメルリーヌが思い始めたからでもあろうか。

八月十三日、メルリーヌはドイツ語とフランス語の入り混じった、かなり遠慮がちな手紙を書く⑵が、その冒頭は「親愛なるリルケ様──でも親愛なるお友達ルネさんとはなかなか言えないわ！」と始まる愛の告白だった。

「……朝の五時に薔薇が起こしてくれました……早過ぎる時間に少しばかり散歩をし、あらゆる、あらゆるところを眺め、あらゆるものに慈しみを掛け、そして自問するのです、可愛いあの人は、今私たちは会ってないけれども、あなたはその人知っているわ、その人は生き残れないのかしら、――つまり、決して自由になれないのかしら?……」と。

《可愛いあの人》とはメルリーヌのことである。リルケとジュネーヴで別れてベアテンベルクへ来てみると、淋しさが込み上げて来た。その理由は恋のせいであろう。もうこの時既にリルケへの恋心に悩んでいたに違いない。そして、続けて、

「……そして、私あなたに全てをお話しします。あなたは私にとっては港です――そう申し上げてよろしいでしょうか??」とあるが、淋しさを癒してくれる港、淋しい人生航海に耐えた後、港に寄港して慰められる幸せを期待したのである。そして、このベアテンベルク滞在が終えたら、また寄せて下さいというより、寄りますよ、だから港になっていて下さいという強い意志を覗かせた。幸せなメルリーヌ! 更にこんな風に付け加えた。

「……昨日の夜、なんと感動的で、なんと優しく、麗しいあなたの『レクイエム』を受け取りました。Eが鉛筆で冒頭のページに――誰が勝利を言えるのか――耐えることこそ全てなりと書いてくれました……」と。

(訳者注:リルケ・メルリーヌ往復書簡では独仏混合文が多く見られるので、独語部分をイタリック体とした。以下同じ。Eとは夫のエーリッヒ・クロソウスキー――Erich Klossowski――のことであろうか、一九一七年に別れたようだが、子供たちに会うために時にはメルリーヌを訪ね一緒の時間を過ごしていた

のであろうか。『レクイエム』とは一九〇〇年にヴォルプスヴェーデで知り合った閨秀画家パウラ・モーダーゾーン＝ベッカーが一九〇七年、三十一歳の若さで産褥のため夭折したのを悼む長い詩と、その前年に詩人カルクロイト伯がピストル自殺したことを悼んだ同じく長い詩の二篇を収めたもので一九〇九年五月にインゼル書店から出版されている。創作活動と日常生活との矛盾を嘆いたものである）

しかし、このメルリーヌの手紙はまだ遠慮っぽい。自分の住所を単にベアテンベルクとのみ書いていたのもそのせいかもしれない。リルケは返事を書いたが不安で二日も彼女からの知らせを待ったが、知らせが来なかったので《運を天に任せて》投函すると追伸で知らせている(3)。勿論、リルケはメルリーヌの気持ちを察していた。二人がその後急速に親密度を加えて行くことは自然の成り行きであった。

メルリーヌの第二信は五日後の八月十八日に出されている(2)。

「……ルネ、あなたのこと考えてるわ——小さな小川がそれを知ってるわ、蜘蛛がそれを知ってるわ、木がそれを知ってるわ、水底の石がそれを知ってるわ、空がそれを知ってるわ、そして、あなた、あなたもそれを知らなくてはいけないのよ！……」と冒頭にある。当然のことだが、この《それ》とは「あなたを愛している」というメルリーヌの愛の告白である。そして、正確なアドレスを書かなかったことへの言い訳をするが、書けなかったのである。愛の告白をリルケがどう読み取ってくれるのか不安だったからである。しかし、リルケも同じ気持ちでいることに接し、更に、愛の告白を試みた。前回の書簡では『レクイエム』に言及したが、今回は『時禱書』を取り上げた。

「……草むらに寝転がって、この少し湿っぽく生温い大地の中に根を張ったように感じながら、あなたの『時禱書』を読んだの。声を上げて読んだわ、読めば読むほど声が震えて来てしまった、そして、私泣いていることに気付いたの……」と。

メルリーヌはリルケの隅から隅まで知りたがった。これこそ恋の芽生えである。

この恋文に接しリルケはびっくりしたことだろう。メルリーヌは離婚していてもリルケにはれっきとした妻子がいる。尤も、リルケは一九一八年以来妻には会っていない(13)。しかも、一九一三年には一度離婚も考えたらしい(13)。また、ソーリオではある人に結婚は失敗だったと語った(5)というから、結婚生活は既に破綻していたのであろうが、それでも、メルリーヌの恋を受け入れることは出来なかった。『マルテ』を書いていたからである。しかし、リルケは自分の感情を抑えることが出来なかった。

リルケは突然二十日電報で、土曜日(二十一日)午後、ベルンに行くと伝えた。二人はベルンのホテル・ベルヴューで再会し、ベルンの薔薇と睡蓮の咲き誇っている《ローズ・ガーデン》を散策したとバッサーマンは伝えている(2)。二人が夢中になって心行くまで話し込んだとは想像出来るが、何を話したのかは空に消えてしまっている。ローズ・ガーデンで過ごした時間はメルリーヌにとっては至福の時間だったのであろう。その思いを胸に抱いて、八月二十二日日曜日、メルリーヌは友達の待つチューリッヒへ立つが、その翌日の二十三日に早速リルケに手紙を認めた(2)。幸せな手紙!

「……私こんなにも幸せに駆け出しました。私は殆ど経験したことのない幸せの岸辺まで満たされ、私の仲間まで幸せにすることが出来たように思います。しかし、恐ろしい未知のもの、それを何と申し上げてよいのか、私が言えば全てが偽りに聞こえるでしょう、そして、どうすればよいのか、もはや分からないようなものがあるのです。現状の《没落》が苦しめるのです、私を災難のように苦しめるのです。……」と。

リルケは嬉しくも困惑する。八月二十四日付の返事にその困惑振りが見て取れる（3）。

「親愛なる親愛なるお友達、

如何なる人の想像力をもってしても予見出来ないあなたの魂の、今の状態を理解しようと私はあなたのお手紙を何度も読み返しました──親愛なる人よ、あなたのお心の状態は無限に広くなっておりますね、そして、あなたに近づき、あなたが親愛に足ると思われている下層社会の人々に、寛大にあなたのお心を配られるようにとの立派なご意向はちっとも間違っていないと私は思います。──続けて、やってみて下さい──……」と。

そして、結びに、

「あなたの二本の手、優しく抱えて、支えましょう」とあるのは、メルリーヌが「私両手を伸ばします」と結んだ（2）のに呼応しているのであるが、心情的にも二人が結ばれたことを意味しているのであろう。

しかし、メルリーヌが何をしようとしていたのか具体的には何も分からない。ただ、彼女が社会へ向かって積極的に何かをしようとしていることが何となく伝わって来よう。少し落ち着いたのだろうか。戦争によってリルケ以上にそれ以前の生活の全てを失って──サン・ジェルマンでの生活は豊かで安穏で創造的だったのだろうが、ジュネーヴに隠遁してからは物心両面で絶望的状態が続いていた。そこに、リルケとの予期せぬ再会を果たして、精神的支柱を得たかのように心が弾んで行ったのだろう。そして、時が経つにつれて、その支柱はどんどん太く、またいびつにもなって行くのである。憂愁の虫、恋の苦しみが騒いで変形する。八月二十五日、メルリーヌは次のように書いた(2)。

「……私があなたを独占したいと一瞬でもお考えとすればどんなにか私は心配です。いや違うわ、私が独占しようなどとはあなたは全くお考えではないわ。それでも何でもないような私の仕草でもあなたの自由を奪ったと思われるようなことはしてはいけないのよ。少し心配なこと書いているのはそのことのためですわ。私には分かってます、私の今の手紙があなたのお手紙のお答えになってないことは。あなたに自分のこと書くなんて詰まらないことだったわ。でも、余りの急激な落ち込みだったの……」と。

これこそ恋の苦悩である。そしてこんな風に手紙を結んだ。

「……先日偶然にもあるお友達にこんなことを書きました《神は殆ど私たちの前に現れない、しかし、現れれば、熱情をもって現れる。しかし、私たちは直ぐに再び暗黒に落ちてしまう》と。……神が人間になるなんてどうして私は想像出来たのかしら！……」と。

リルケはメルリーヌにとって神となったのか。いや、神のリルケが人間となって降臨したのである。

八月二十七、二十八日とベルンでリルケはメルリーヌと過ごし、二十九日には打ち揃ってフリブールへ向かい、そこで日曜の逢瀬を楽しんだ(2)。二十七日、ベルンで、メルリーヌのために初めてフランス語で《睡蓮》という詩を作ってやった(1)。この詩はメルリーヌの生に対する悩みにリルケが助け舟を出したのであろうか？　自分だけの人生に拘らずに宇宙の中に自分を置いて視野を広く持てば道は開ける筈だ、泰然自若たる睡蓮を見なさいというのであろうか。その《睡蓮》の詩とはこうである。

私には全き生命《いのち》というものがある　でも　自分のものと言えば
それは奪われてしまおう　何故って　生命には境界などないのだから
水のざわめき　空の色も
私のもの──それもそれ　私の生命だ

いくら熱望されても開けやしない──私の心は満たされているから
拒絶によって閉じもしない
日頃の魂のリズムに乗っているだけで
私は満足だ──私は感動で揺れている

こうやって自分の王国を作る
夜の夢を現実にしながら

何故って水底から身の上に
彼方にある鏡を引いて来られるから……

と訳してもよいのであろうか。《鏡》とは睡蓮の葉の上に留まる水滴からの連想であろうが、意味するところは自分を映す鏡ということなのだろう。「自分をしっかりと見つめておりなさい」と諭したものと思われる。

リルケはベルンに帰ってから、八月三十日、メルリーヌへ手紙を書いた(3)。

リルケはメルリーヌの炎を消そうとしたのかもしれないが、却って自らもその炎に焼かれつつあった。

「……今朝、あなたとお話しながら、目が覚めました。お話が続けられなかったので、一瞬、ぼおっとしてしまいました——

そこに留まることがいかに不毛であるかは分かっていても、ねえ、メルリーヌ、詭弁じゃないですよ、人は心の重力と衝突するんです。でも、この重力自体、従うべき法則があり、しかも、その法則に、最も気高く最も霊的な分別の中で従わなくてはならないのですよ。……」と。

しかし、あからさまには告白出来なかった。『マルテ』を書いていたから、彼は過去の恋の偉大な先達たちに拘らざるを得なかった。後、『心のブランコ』という詩を書いて（第九章参照のこと）、逡巡しながらもメルリーヌへの愛を秘かに告白したが、その発端は既にこの頃にあったのだろう。《心の重力》——メルリーヌの引力と彼は果敢に戦っていた。正しく《ブランコ》である。地上の愛か天上の愛かの戦いでもあった。

「……ねえ、メルリーヌ、今書店から戻って来たところです。そこで、私の苦痛に満ちた本（ローマで始められ、一九一〇年ころオテル・ド・ビロンの丸い部屋で完成した散文の本）と作者は全く分かりませんが（ある人々はボシュエだと言ってますが、どうだか分かりません）、十七世紀の作品である『マグダラのマリアの愛についての説教』を見つけました。もう一つの下らん本は『マルテ』です。『マルテ』を読ませないためにしばしば若い人たちからこの本を取り上げねばならなかったのです。と言いますのは生きることが不可能であると殆ど証明しているように思われるこの本はいわば流れに逆らって読まれるべきものだからです。たとえ、この中に苦い非難が含まれていようとも、それらが向けられているのは生きることにでは決してないのです、それどころか、我々に予定されているこの世の際限もない富を殆ど完全に失うことになるのは力の不足、不注意、それに先祖から打ち続く誤りによってであることを絶えず証明しているだけなのです……

追伸——裏にホリンゲン城の見事な並木道を散策しながらあなたのために作詩した詩を書いておきました……」と。

その詩とは

全てが消えてしまうなんて誰が言うの？
お前の傷つける鳥から

飛翔が残らないなんて誰が知っているの
そして　可愛がっている花たちは　我々の後も
恐らく彼らの土の上で生き残るでしょう

その仕草が長続きするものでないにしても
天使はあなたに黄金の鎧を着せてくれるでしょう
――乳房から膝まで――
そして　その戦いがよほどに純粋だったので
あなたの後に　天使がそれを着てくれるでしょう

というもので、この詩もフランス語で書かれている。作詩日は二十八日である(1)。

少し弁解がましく感じられる。それが却ってリルケの内面の苦悩を示してはいないだろうか。『マルテ』を《流れに逆らって》読むとは難しい表現だ。我々には便利な言葉があるが、『マルテ』を反面教師として読めと言えばよいのだろうか。いや、そんな甘えたものではない。リルケのメッセージはもっと強烈なのだ。あらゆる既成概念に逆らって自らだけの生の完成へと進路を取れというのである。メルリーヌが『マルテ』の絶望だけに執着されるのはどうしても避けたかった。ホリンゲン城の詩を書き付けたのも生への執着を諭したかったからであろう。それはメルリーヌへの愛にほかならなかった。

リルケは八年前に突如霊感に襲われたが、その後ぱったり霊感が止み継続出来なくなっていた『ドゥイノの悲歌』に頭を悩ませていた。この詩にも何か『悲歌』との関連を思わせるものを感じる。例えば、《その戦いがよほどに純粋だったので》は八年前に作られた『第九の悲歌』の末尾の《見ろ　私は生きている　何によってか　幼時も未来も減じはせぬ……有り余る現存在が　心のうちにほとばしり出る》に通じるものがあろう。「現存在を純粋に生きておれば、人生の戦いに勝利出来る」のであって、あやふやな未来を願ってはならないというのである。《未来》とは彼岸のことである。『第十の悲歌』の冒頭も八年前に作られたが、《私はいつか恐るべき認識の終わりに当たって　賛同してくれる天使に　歓喜と称賛の思いを高らかに歌えんことを》とあるのと、《あなたの後に　天使がそれを着てくれるでしょう》は同じようなことを匂わせていよう。純粋に生きたが故に、天使はそれに賛同して、着てくれるのである。天使とは何者か。『ドゥイノの悲歌』には天使がよく現れる。リルケの天使はキリスト教でいう天使とは本質的に異なる。リルケは天上の世界など描いてはいないのだ。そのことは『ドゥイノの悲歌』を読み進めば了解されよう。リルケの天使は仮想上の最高の存在で、第六章にリルケ自身の解説がある。

『ドゥイノの悲歌』はタクシス侯爵夫人の館ドゥイノ城で一九一二年一月に発想されて、幾つかが成立して行ったが、メルリーヌにジュネーヴで出会った頃は、全十篇のうちの半分ほどしかまだ完成していなかった、残り殆どはメルリーヌと見つけたミュゾットの館で完成していることは重要である。『第九の悲歌』にはミュゾットでこんな詩句が作られた。《全ては一度きり

たった一度きり　一度きり　それだけ　そして　我々も一度きり　繰り返しはない……》はホリンゲン城の詩からの発展形である。ホリンゲンでは前半の時間の無限性と後半の生の有限性が対照的に、要領よく謳われていたのである。この頃のリルケの頭の中にはメルリーヌを反面教師にしながら、彼の人生哲学を更に進化させていたと言えないだろうか。しかし、『悲歌』の完成した時、その完成をメルリーヌに報告しているが、ミュゾットの館を見出してくれた恩人と思われるメルリーヌには手稿は送らなかった。後述するが、ベルク時代のちょっとした行き違いが影響したのだろうか？　二人とも『悲歌』という言葉を嫌ったのであろうか？　ジッドにも送っていないが、こちらは言語の問題だったのかもしれない。あるいは、リルケの心の中には『悲歌』はあくまでドイツ的との自負があったのだろうか。『悲歌』については後ほど再登場してもらおう。

そしてリルケは次の献詩をつけてメルリーヌへ『マルテ』を贈った(1)。

この本は私たちを悲しませるものだけに満ちているわけではない——
つまり　全ては予見出来たものだと誰が理解したというのか
悩むことを恐れてはならぬ　しかし
そなたの純粋な心を過剰なまでに行使せよ

ここにもホリンゲン城の詩と同じく《純粋》という言葉が出て来る。リルケの好きな言葉であるが、その真意をリルケは明かしてないが、『第六の悲歌』を読めば理解出来よう。そのことについて第六章で少し触れたい。この献詩は『マルテ』に合わせてドイツ語で書かれている。

しかし、メルリーヌの激情は却って抑えられなかったようだ、というより、リルケとの逢瀬で想いは却って募って行ったのである。リルケの手紙はまだ届いていなかった。八月三十日、メルリーヌも書く(2)。恋文である。

「……私の声の届くところにあなたがおられるといつも私に教えてくれるほどあなたが寛大であると思って以来、私があなたをこの世で失う心配がないと思って以来なの。あなた、あなたは今では何でも分かっているわ、もうこれ以上は知ること何もないわ──私いつもあなたの側にいるわ、あなたが私に側にいて欲しいと思うんだったら、私何処にでもいるわよ。

さようなら、ルネさん、神様、私の人生を麗しく幸福にそして豊にしてくれますようにいつもついていて下さい……」と。（傍点訳者）

何というメルリーヌ！　多分彼女は今までに本当の恋をしたことはなかったのだろうか。一途な愛の告白は初恋のように初々しい。訳者が傍点を付したところはルイーズ・ラベの第十六番ソネットでは《あなたが私にいてほしい所に私は正しくいますわ》とあるのと同じであろう。ルイーズ・ラベの影響かもしれない。

このメルリーヌの手紙にリルケは歓喜した。若い時、特にまだ学生であった頃のリルケはエロスに興味を持ち、磨くことには熱心であったが、誠実な恋を貫こうという気はなかったようである(6)。リルケがクララと焦る気持ちで結婚した(7)のもこの衝動的な学生時代の延長だったのだろうか？　しかし、パリに出て、『マルテ』を書くようになってから、どういう風の吹き回しか、リルケは愛の女性たちを称賛するようになった。『ポルトガル文』を読みながら、学生の頃の身勝手なわが身をシャミリー伯に重ね合わせ反省していたのだろうか？　パリで貧しいマルト・アンヌベールと出会い異常とも思える誠実な愛を傾けたりしているのはその反省だったのだろうか？　しかも、大戦終結後スイスへ逃れて来ても彼女への思いは続くのである。一方で、大戦勃発直後には、閨秀画家ルー・アルベール＝ラザールとミュンヒェン郊外イルシェンハウゼンの同じペンションに隣同士で暮らし、彼女の結婚生活を破綻に追い込んでしまうのも、それだけの理由ではないにしても理解しがたいところである。ルー・アルベール＝ラザールとの恋は、同じ年の初めに数ヶ月のはかない恋で終わったベンヴェヌータとの恋の敗者復活戦だったのだろうか？　しかし、リルケは女性の愛に恵まれていたように見えるが、リルケの片思いだったとも言えないだろうか？

リルケは三十一日早速メルリーヌに返事を書く(3)。

「……愛しい、愛しい――何度も言いたいよ――愛しい人、もしかしたら、お手紙を書かねばならないのは、あなたが私に残していった実に大きくなったこの心の升を殆ど一杯に満たすためなのでしょうか――愛しい人よ、私はあなたの電報を待っていて、昨日の夜は心配でならなかったのです――でも、ついに九時半頃私に届いたあなたの嬉しいお手紙が私の心配をかなぐり捨ててくれました。私はあなたのお手紙を寝入るまで何度も読み返しました……」

と始まる。二人はもはや別れられないほどの愛情で繋がっていたのである。恋人の一挙手一投足が一瞬も頭から離れられない。正に彼らはそのような心境になったのである。終わりに当たってリルケはこう結ぶのである。

「……愛しいメルリーヌ、さようなら、君のお手紙を抱き締めるよ、長いこと、信心深く、そしたら、お手紙だって、僕が目を閉じてお守りするこの幸福の真っ只中におられるのだよ。そして、僕は君の大きな、優しい約束の書いてある次のフレーズ《私いつもあなたの側にいるわ、あなたが私に側にいて欲しいと思うんだったら、私何処にでもいるわよ》のところを書き写すことにするね。

お守り代りに僕の紙入れに入れて置くために書き写すことにしたんだよ＊。――

それから、君が常に僕の居場所を知るために短い知らせをこれからも出すよ、どんなに辛くても、僕の行く先々をいくらか元気をもって追って行けると思うので、そして、君が僕を神の加護の下に置いてくれたように僕も神の手に自分を委ねるね。

君のルネ

追伸＊いや止めた、君の手で僕に写しをくれないか、その方がより強力になる――僕は君の手紙からその部分を切り取ることも出来ようが、それじゃ、切り取ったことを後悔する」と。

結局のところ、メルリーヌが改めて写してリルケに贈った。リルケはそれをお守り代りに肌身離さず持ち歩いたという（2）。ドイツもフランスも相手との距離によって、あなたと言ったり君と言ったりする習慣があり、どちらを選ぶかは極めて重大な問題となっている。リルケは例のこの手紙の後半からメルリーヌのことを君呼ばわりするようになった。愛が始まったのである。《有頂天の未来のために》！

愛が始まったと二人が了解し合えばもはやブレーキは効かなくなることは自明の理である。リルケだって例外ではない。いや、リルケだからこそ、そうなるのだ。メルリーヌはリルケの本心を知ってじっとしていられなくなる。リルケの手紙を受け取って直ぐにメルリーヌはうきうきとして返事を書く(2)。

「……息を切らしてあなたの方へ走るわ、そしてあなたの腕の中に飛び込むの、泣くわ——泣きます。言わせて、聞いて、ねえ、私の話聞いて、これらの花送りますが、私と思って腕に抱き取って下さい、私の心の内を花に託し、そして花にはあなたのこと、私たちの愛のことも話して聞かせてあるんですから。薔薇は本当に小さいと気付かれますよね、今朝摘んだの、直ぐに詩人のところに行きますわよ、何と薔薇は光栄なことでしょう！　そして、無花果、私の甘い果肉です、そして葡萄の房、私の柔らかい髪の毛ですわよ。全部受け取って——私と分かち合って、ねえ、お願い！

……私、魔法を掛けられた人のように街中を歩くの、そしてあなたに向かって絶えずしゃべっているの——あなただけは生きている、あなたはこの世にいる——そうしたら私は歩ける、何の煩わしさもなく、どんどんどん、あなたを唇の上に、魂の中に乗せて。そこまで時間あるかしら？　どこで時間を見つけられるでしょうか？　もしかすると私間もなく死ぬかもしれません、石になって海を眺めながら休息するわ——そこで、そこでよ、私あなたのこと考える時間が出来るのだわ……」と。

何というメルリーヌの幸せ！　何という娘のような初心な心の持ち主なのだろうか！　おそらく彼女の今までの人生はかなり重苦しいものであったのだろうと思われる。やっと、真の幸せとやらをつかんだと思ったのだろうが、運命は二人を永遠に二人のままにするのである。ここにリルケの愛に対する哲学、所有しない愛がある。この哲学を死ぬまで貫くことになる。しかし、フォン・ザリスが「遍歴時代の初期に出会っていた女流画家のバラディーヌ・クロソウスカとリルケはジュネーヴで再会を果たした。メルリーヌへの手紙から分かるようにこの愛の関係はリルケ最晩年に親密な関係になったことが知られる。この関係はリルケを時間的に深く捉えたばかりでなく、大いに真面目なものであり、重たいものであった」と述べている(12)ように、この二人の愛はリルケがヴァル＝モンで死去するまでの七年間ほども誠実に——一点の陰りもなく続くのである。そして、死の半年ほど前に、リルケは詩を、メルリーヌはそのリルケの詩に銅版画で挿絵を入れた十篇ほどの小振りの『窓』という詩集を編むのである。残念ながら、リルケ生前には出版されなかったが、これはいわば、二人の愛の産物と言える。七年間に二人の関係はこれほどまでに強固なものに育って行ったのである。

四、『猫』と『C・W伯の遺稿から』——焦りと絶望

（一九二〇年秋—一九二一年春）

リルケはメルリーヌの息子たちに実の父親以上とも言えるほどの愛情を注いだ。リルケは虚栄心の強い母親から死んだ姉の代償を得たとばかり、幼少期は女の子として育てられ、一方、自分の跡継ぎが出来たと喜んだ元軍人の父親は彼を無理に兵學校へ通わせた。この二つの苦痛は彼の古傷となっていつまでも残っていた。この苦い思い出を補償するかのように二人の子供たちを可愛がったのであろうか。実の娘ルートではこの代償は出来なかった。長男のピエールについては後述するとして、次男のバルチュス（本名、バルタザール・クロソウスキー・ド・ローラ）の猫物語をしよう。

彼は行方不明になった愛猫《ミツウ》を懐かしんで、出会いから失踪までの共に過ごした思い出を四十枚の物語絵としてグワッシュ水彩で描いた。リルケは感心して何とか出版させたいと思い『序文』を初めてフランス語で書いて、一九二一年に、ロータフェル書店（エルレンバッハ＝チューリッヒ）から出版させたのである。そのことについては第二章の文末で少し触れた。『マルテの手記』を読んだ読者はマルテを通じてリルケが犬派であったらしいと思うであろ

う。事実こんな体験をスペインからタクシス侯爵夫人宛に書き送っている(13)。

「……コルドバで小さな醜い、明らかにまだ母となったことのないように見られる雌犬が私に近付いて来ました、褒められるような動物ではなく、しかも、確かに偶然からか子を孕んでいるのがはっきり分かるようでしたが、そのことで何ら大騒ぎされるようなことは起こりそうもなかったのです、しかし、彼女は近付いて来ました、私たちだけでした、彼女にとっては辛いことだったでしょうが、私に近寄って、子供らに保護と誠実さを求めんと大きく見開いた眼を上げ、私の視線を熱望しました――彼女の眼の中には実際全てが個々のものを超えて、私にはそれが何処へ行くのか分かりませんが、将来の中にか、あるいは理解を越えたところへ溶解して行くように感じました、そう思うと私のコーヒーから一かけらの砂糖を分けてやりました、しかし、ついでに、そう、ついでにですが、私たちは一緒にいわばミサをしたのでしょう、取引はギヴ・アンド・テイクということだけだったのですが、その意味と真面目さと私たちの完全なる理解は境界を越えていました……」と。

これは一九一二年十二月十七日、スペインのロンダから発信されたものであるが、ここにリルケの動物と人間を区別しない万有愛の思想がある。これは『豹』から繋がっているのであろう。この感情はやがて物、動物を越えて生と死をも区別しない世界へと流れ込んで行く。しかし、『猫』を読むと猫派の読者には少しばかりむっとするかもしれないが、とても興味あるのでここに紹介しておきたい(18)。ただし、かなりの長文で全部を紹介するほどでもないので、興味の持てるところを抜粋しよう。大まかに言えば三つの部分に分けられる。先ず冒頭の部分

は、リルケの猫観が展開される。ちょっと紹介すれば、

「誰が猫を知っているのだろうか？　例えば、あなた方は猫を知っているとでも言い張るのだろうか？　私は告白しますが、自分にとって猫はかなり一か八かの仮説でしかなかったのです。

動物というものは幾らかでも人間の世界に属するためには我々の生の流儀に同意し、我慢する必要があるのです、そうでしょ？　――そうでなければ、敵対心からか、あるいは、臆病心からか、我々から離れる距離を測るでしょう、そして、そうやって、それが彼らの交際の流儀となるのでしょう。

犬を見てご覧なさい――彼らのひそかなる感嘆すべき近づき方は、我々の慣習や間違いさえも熱愛しようと、彼らのうちのあるものたちがかつて彼らのより古い犬の伝統を断念したと思われるように行われるのです。それは確かに彼らを悲劇的で崇高にするものなのです。我々を受け入れようとする決断は、いわば、彼らに人間化された眼差しとノスタルジックな鼻面で以って彼らの天性を絶えず超えたその果てに住むよう強制するのです。

しかし、猫の態度はどうでしょうか？　――猫はただ猫です、彼らの世界は猫の世界です、端から端まで、彼らが我々を見ているとでも言うのですか？　しかし、実際、猫たちが我々の無益なイメージを彼らの網膜の縁に一瞬たりとも喜んで留めて置きたいかどうか、かつて知っていた人がいたのでしょうか？　恐ろしいばかりの拒絶を湛えた永久に完全な瞳を我々に向けて、多分猫たちは我々と向き合っているのではないでしょうか？　――我々の一部の人々が

甘ったるい電気を帯びた彼らの甘い仕草によって影響を受けたままでいることも確かです。しかし、その人たちは奇妙な粗暴な気晴らしについて思い出して欲しいのです、その気晴らしのお蔭で最愛の動物が愛していると思っていたこととは反対のことを時に流出させて終わったことがあったでしょう。……」

犬は人間と協調しようと古代から自分の天性を押し殺して人間に従属して来たが、猫はそんなことには無頓着で、まだ動物というものに属しており、時には気紛れのため愛してくれていた人を裏切ってしまうこともあると言う。コルドバでの犬との接し方から、リルケがこの序文のように、犬と猫とを比較していたことは理解出来る。その犬猫観に立ってバルチュスとミツウの物語を語って行こうという趣旨であろう。しかし、リルケが猫を嫌ったという裏付けはない。そのことを強調しておかないと猫派の誤解を招いてしまう。

さて、次にバルチュスとミツウのなれ初めから失踪までの物語へ移ろう。

「さて、私の可愛い友のバルチュスがあなた方に語らんとする物語にあなた方を導かんとしつつもこのような意見にあなた方を引き入れることは間違っていたでしょうか？　確かに彼は何も言わずに絵を描きました、しかし、彼の絵はあなた方の好奇心に十分こたえております。何故私は別の形で蒸し返そうとしているのか？　私は彼がまだ言っていないことを付け加えることを望んだのです。物語をとに角かいつまんで話しましょう。

バルチュス（その時十歳だったと思いますが）は一匹の猫を見つけました。それは多分ご存じのニヨンの城の辺りでした。震える小さな掘り出し物を持ち帰ることが出来ました、そして、猫と一緒に旅し、船の中でも、ジュネーヴに着いても、モラールでは電車の中も。この新しい仲間を家で紹介し、馴らし、甘やかし、可愛がりました。《ミツウ》は陽気で無邪気な幾分かの即興で家の単調さを時には打ち壊しながら喜んで、授けられた条件を受け入れた。主人が猫と散歩する時も窮屈な紐につないでいるのをひどいと思われますか？　愛してはいても未経験の冒険好きの猫の心を過ぎるあらゆる気紛れを彼は信用していないからです。だが、間違いだった。危険な移動でさえ決して事故が起きたわけではなかったのです、気紛れな小動物でも慰められた従順さで新しい環境に順応していたものです。それから、突然その小動物はいなくなったのです。家中不安になったが、ありがたいことにこの度は深刻にはならなかった――ミツウは芝生の真ん中で見つかったのです、バルチュスは逃亡兵を叱るどころか、猫に気持ちの良い暖房機の管の上にミツウを置いてやりました。あなた方も私同様心配の後の小康状態、充実感を味わっていると思います。悲しいかな！　これは一時の休息にしか過ぎなかったのです。クリスマスは時には余りに誘惑的に訪れるものです。多少惜しげもなくお菓子を食べては腹を痛め、直すために横になる。ミツウは、あなたの長過ぎる眠りに退屈して、あなたを起こす代りに脱走したのです。何たる驚き！　幸運にも、バルチュスは脱走者の調査に乗り出すには体力の方は十分回復していたのです。彼は先ずベッドの下に潜り込みましたが――いなかった。調査のために持って行った蝋燭の灯りを頼りに地下室へたった一人で行く勇気がないと思うだろうか？　いや、そうではない、あらゆる所を探し、庭に出て、街に出たが、いなかった！　彼の小さな侘びしそうな顔を見てやって下さい。誰が彼を見放したのか？　それは猫なのか？──ついこの間彼の父親が素描したミツウの肖像画で我慢出来るのだろうか？　いや、それには虫の知らせがあったのです、何時かは神のみぞ知るけれども喪失は始まっていたのです！決定的で、運命的でした。彼は戻り、泣き、両手の涙を見せたのです。しっかり、あの涙を見てやって下さい！

これが物語です。芸術家の方が私より上手に語っています。私がこれ以上言う余地がどのくらいありますか？　殆どありません。」

リルケはバルチュスの絵を見ながら物語っている。《バルチュス十歳》とはリルケがスイスへ逃亡する前年のことであろうか。リルケは現物のミツウを知らないのである。そして、リルケは独特の論を展開して締め括る。

「バルチュス君、君はそれでもミツウを感じてる、もうミツウに会えなくなったが故に、ミツウにより長く会えるようになったのだ。

ミツウはまだ生きているのか？　君の中で生き残っているし、無邪気な小さな猫の陽気さが君を楽しませて、今君に恩を施している──君は辛い悲しみの力を借りてミツウを表現したに違いない。

それほどに、君は一年後には成長し慰められているのが分かる。しかし、君の作品の端っこの方に君が涙にくれて見てくれるようにと、私は序文として最初の部分――ちょっと想像を交えて――を創作した。最後にこう言えるようにと――《安心して下さい――私はいます。バルチュスも存在してます。我々の世界は全く変わりません。猫はいません》と。

一九二〇年十一月、イルヒェルのベルクの館にて」

この《猫はいません》という表現は《ミツウ》がいないというだけでなく、冒頭の《仮説》と関係させて《猫というもの》という意味も含ませているようにも思える。猫は人間社会とは相容れない想像の生き物で、現実にはいないのだというのだろうか。

バルチュスはいない筈の《ミツウ》を何故描けたのか。そして、何故リルケはこれらの絵を出版するほどの価値があるとしたのか。如何にメルリーヌを愛していたからと言って、恋人の息子の絵をご褒美のように出版してやろうなどという料簡はリルケにはなかったであろう。バルチュスの絵は写生画ではない。《ミツウ》は既に猫特有の気まぐれから、バルチュスの視界から消えてはいたが、一年たっても《ミツウ》の全てが、そして共に過ごした思い出が彼の心に焼き付いており、それを一つ一つ手繰り寄せるようにして一巻の絵巻物を完成させたのである。彼の心の内には《ミツウ》が永遠に生きているのである。十歳そこそこの少年に過ぎないバルチュスが既に《見えるもの》を《見えないもの》へ変容させて《ミツウ》を「常住の世界に住まわせている」。だから彼は《ミツウ》を心の内からいつでも再生して、見える形に再変換したとリルケは驚きの目をもって評価した。リルケが完成を焦っていた『悲歌』の世界をバルチュスはいとも簡単に現実にしたように思えて驚嘆したに違いない。ここに、バルチュスの非凡な才能を見たのであろう。

ベルクの館での生活のことでどうしても触れなくてはならないのは『C・W伯の遺稿から』という詩集のあることである⑴。一部と二部に分かれているが、それぞれ十篇程度の詩集である。第一部は一九二〇年十一月三十日に完成し、第二部は一九二一年三月初めから四月の半ばに掛けて書かれた。ただ、その芸術的価値はそれほど高くはない。特に第一部はその猟奇的興味はあるが、詩としての面白さはないと言えよう、むしろ、第二部に最晩年の軽快なフランス語詩集への橋渡し役のような趣があって、特筆されるだろう。気負い過ぎてベルクにやって来たが、どうも芳しくない創作活動にリルケはかなり精神状態を悪くしたようである。ベルクの館におけるリルケの精神状態をこの『C・W伯の遺稿から』の内容からちょっとだけ推察してみたい。

先ず、この作品が生まれた背景についてリルケ自身の説明を聞いてみよう。インゼル書店の『リルケ書簡選集』の《出版社（インゼル書店）宛の書簡》(19)によれば、インゼル書店店主、アントン・キッペンベルクが一九二一年の一月二十三日、二十四日、ベルクの館にリルケを訪ねた時、リルケはキッペンベルクに次のように語ったという。多分二十三日の夜のことだろう。「ある夜のこと、更衣室で次のような詩句を人にぶつぶつと語り掛けられました、とりわけ、

山々は憩う　星々の　過ぎたるみやびに照らされて
だがまた　星々の　ちかちか煌めく時にても
ああ　荒れ果てしわが心に
不滅ぞ　よるべなく　夜を過ごす

と。そして、驚いてわが身に言いました――《だかしかし、これらの悲劇的な詩句は自分のものではないぞ！》リルケは少し不安になって、再び服を着て、暖炉の前に座りました。突然、リルケと向かい合う椅子の上に流行遅れの服をつけた御仁を見ました。彼は古い黄ばんだ手帳から詩を朗読しました。その手帳の中にはリルケにいろいろ語っていた詩句が載っていたのであろう。これらの詩句を彼は後で書き写した。これが『C・W伯の詩』である。これらのうちの一つ（『カルナックでのことであった』――第一部第七番目の詩――）が一九二三年のインゼル年鑑に詩人の作品番号なしに掲載された。既にそれより以前に、一九一七年のインゼル年鑑にリルケは『冬の八行詩』という彼らしくない詩一首を載せている。現在、詩集第三巻ページ四百に匿名で掲載されている」と。

というわけで、リルケが創作したというより、幻のように出現したC・W伯が朗読したものをただリルケが書き取っただけというのである。そして、この『C・W伯の詩』は『C・W伯の遺稿から』と改名されて、リルケは二月にキッペンベルク夫妻にその手書き原稿を送っている。しかし、『C・W伯の遺稿から』の題名は既にそれ以前から使われていたのである。先の『書簡集』の注書きが正しいとすれば、題名に対するリルケの迷いがあったのだろうか？A・キッペンベルクに右のような経緯を語る以前に既にナニーやタクシス侯爵夫人にはこの作品について伝えているが、その中で『C・W伯の遺稿から』の題名が使われていた。最初は一九二〇年十一月三十日付(15)でナニーに、

「……とにかく私は全く一人ぼっちでした、この家に住んでいた人の過去について十分知らなかったのです（エシャーの少女は少し怖かった、彼女は多くを語らなかった、連れている小さな犬と、私にはちっとも関与させることもなく何か申し合わせを一緒にしようとしていたのでしょう）──不意に──私は山の先住者の痕跡のようなものが欲しくなりました、つまり、ある夜、書棚の中に一冊のノートが発見されることを、ほら、ほら！　それは誰のことだったのでしょうか？　私は全く軽率にもある人物の姿を想像したのです、その場の情勢は余計なことも有益なこともしてくれましたが、件のノートは想像していたにも拘らず、現れて来なかったのです。もうノートを見捨てるほかなかったのでしょうか？　しかし、私の前に完結した（ニーケよ、当然のことながら、あなたのお持ちのノートの内の最も薄いもののひとつ──何と誘惑的か！）詩集が置いてあるのです、どうです、──最初のページに『C・W伯の遺稿から』と読めるのです。奇妙なことです。しかし、最も愉快な話ですが、私には何ら責任がないのです。そうです、責任がないのです、だから真面目に言っているのです──私にはこの冗談、どうして起きたのか分かりません──魅力的でした、そして尚一層興奮させております──（それは

そうと全体は殆ど三日の仕事でした、そして人が編み物をするように出来上がったのです――と私はそう推量してます）……」と。

ここで、《ニーケ》とはリルケがナニーにつけた愛称であり、《エシャーの少女》とは書簡集(15)の注によれば、ベルクの先住者エシャー家の少女ということになろうが、館の壁に掛かっていた少女の肖像画のことでリルケが勝手にそう呼んだのである。この話はキッペンベルクに語ったこととは少し異なるようである。リルケはこの作品をC・W伯の口述を筆記したものではなく、自分の創作であることを匂わせているが、責任がないと言う。ナニーにはこのように少女の肖像画を見ているうちに自然と出来上がったと義理を考えて伝えたが、リルケ自身この作品には他人に吹聴出来るほどの価値はないと思っていたから、キッペンベルクには小説的要素を滲ませて、お茶を濁したのであろう。

タクシス侯爵夫人には一九二〇年十二月十五日付(13)で、

「……非常に漫画的なものを試みました、この《高尚な》文体が即興的に起こったのです。ここでは（ゲーテのようなもののほか）殆ど蔵書らしきものは見出せず、また、エシャー・フォム・ルークス家に何百年も所有されたこの館に関連する文書のようなものもないのです――そんな中で、おおよそ一時しのぎの創作として一冊の詩集を作ることが出来ました。それはこの書棚で発見されるべきものだったと私は申し立てることにしました。これは非常に珍奇なことでした――ペンが文字通り私の認めるところまで二、三の箇所を除けば次々と詩を《書かせた》ようでした、私の流儀でも私の見解でもなかったのです、これらは全くすばやく言葉になりました（下書きすることもなく自力で書き付けたのです）。……」と。

ナニーには言わなかったが、この館の主人は何と無粋なのかと言っている。それというのもタクシス侯爵夫人のドゥイノの城には古い書物などが沢山保管されていたのである。それはさておき、この手紙の内容こそが実際の創作の背景に最も近かったのだろうが、作品としての価値はないと見て、侯爵夫人にも自分の作品とは言いたくなかったのだろう。

では、メルリーヌとのやり取りはどうだったのか？　リルケは十一月三十日から十二月二十九日までの間にメルリーヌに十二通の手紙を書いているが(2)、不思議なことに『C・W伯の遺稿から』については一言も触れていない。ここに、リルケの何らかの精神的異常を見ることが出来そうである。それだから、やはり『C・W伯の遺稿から』に少し立ち入らざるを得ないだろう。しかし、切りがないので、第一部から三首のみ抜粋しておこう。

I

白馬──えつ？　そんな　それとも細身行く小川……？
眠りを超越して留まっている肖像画はどんな風だったのか？
襟章──衰えの見える外観──グラスの残り
私を外へ追い出した日の光

反復——わがうちに見つけたるもの
私は夜ごとわが身に崩れ落ちるのか？　重々しく
今や夢の中——錫皿が現れ——
奇妙な果実が現れるのだろうか？

自分の飲み物が何か分かろうか？　——それとも
そう思うのは沈んだ塚の煩悩なのか？
そして誰に不平を言うべきか　腐敗の終わりに
不味い肉汁が糸を引くのを？

眠りの料理人がスープの青菜を必要とするなら
私は　外部へ目をやるしかないのか？
あるいは　不正確な食事に
彼は信頼出来ない香辛料を投げ込むのか？

埋葬された墓の中からの恨み節がリルケに語り掛ける。リルケは霊の存在を信じ、死者は永遠であると考えていた。ドゥイノの城でタクシス侯爵夫人一家と降霊会を開いて、見知らぬ霊を呼び出していた。その女性の霊の導きを頼りにスペインにまで出向いていたのだから、C・

W伯の霊との交信は可能だったのだろうが、それにしてもグロテスクである。

VI

突風だった──丁度偶然にも
窓から入り込んだのだが
ただ単に盲目的な自然の
起床就床なのか？

それとも腐敗する者がひそかに
あらん限りの表情を見せたのか？
湿った土の中から感じやすい家の中に
手を差し伸べたのか？

それは多くは夜中の就寝者の
単なる寝返りのようなものだ──
それは突然使命で満たされ
そして私を疑念で当惑させるのだ

ああ　それが何を意味しているのか
理解するのに私は殆ど手馴れてなかった
死に瀕して朦朧とする子供が
私に泣き寄ろうとしたのか？

彼は私に（私は拒むが！）
ここで見捨てたものを示そうとしているのか——？
颪に嘆きが振動する
彼は多分それでも持ちこたえて　叫んだのだ！

Ⅷ

何度か今でもあの少年の喜びを
完全のままに感じられる　あの喜びを——
緩やかな傾斜地からの駈けっこが
恋情にさえ思われるほどであったので

当時愛されることはまだ束縛でも煩わしさでもなかった
寝室の薄明かりの下
青亜麻の青い花のように
目を閉じていた

そして　その折は　愛することはやはり半開きの両腕を
盲目的に広げることだったのだ――
分身を得ようとして一つになることは断じてあってはならない――
公然たる　憐れむべき　明白なことだ

これは多分リルケの本心だったのであろう。愛が煩わしくなったのである。やっと掴んだベルク篭城の中で『ドゥイノの悲歌』の完成完成と焦りながらも、日夜愛を迫るメルリーヌの姿が眼前にでんと居座っており、彼の霊感を乱していたのではなかったろうか。メルリーヌの生霊はC・W伯の亡霊の形で現れた。もはやリルケは自分自身を本来の姿で制御出来なくなったのであろう。だから、その亡霊にうなされて出来上がった『C・W伯の遺稿から』は自作とはしたくなかったのである。リルケの詩作の流儀は霊感に導かれるままに筆記することであったから、この詩集も自然と三日で出来上がった、と言っても、その内容は自分の本心とはしたくなかった。そして、C・W伯に責任を転嫁したのではなかったろうか？　メルリーヌにはどんなに弁解してもこの第八の詩は理解してもらえないと思ったので、この作品を伏せた。それでも、メルリーヌを失いたくなかった。奇妙な手紙を書く。十二月二十五日付である。例の俳諧詩である。冒頭に次の俳諧詩を置く。

春まだき
出でたる紙魚の
今宵まで

そしてリルケはこの俳句らしきものの創作背景をこんな風に説明した。

「……夕食前に公園に行ったが、そこでは柘植は夏のようにすっかり芳香を漂わせ、驚きの小さな生き物たちの姿は見ることは出来なかったが、典雅な短いフレーズの頭と尻尾に二つの疑問符を付けた鳥のさえずりが聞こえ……小さな本当に小さな蝶々が、彼らの生命の驚きに満ちたほんの短い瞬間を完全に満足させる雑木林から出て来たのだよ……そして、それ、君のために覚えのある小さな俳諧を作ったのさ……」と(2)。

しかし、これではメルリーヌが可哀そうである。この俳諧詩を文字通り直訳すればこうなる。


小さな紙魚が身震いしながら本から逆さまによろめき出る——

彼女は今宵死んで

春の来ていなかったことを知ることもないだろう

公園の風物とこの俳句らしきものとの間には何ら脈絡がないではないか？　リルケの紙魚の俳句は書斎で生まれたものであって、クリスマスの日に公園に散歩に出て、写生したものではない。純粋にこの句を見れば、出来の良し悪しは別にして、わが身の不甲斐なさを嘆いたものであることは間違いなかろう。ベルクの館で創作──『悲歌』の完成を願ったが、それとは全く異質の『C・W伯の遺稿から』が出来てしまった。リルケにとっては全く予期していなかった出来事で、落ち込んだことは容易に想像出来る。『悲歌』の生まれる前にこんなおっちょこちょいな作品を作っていては『悲歌』の完成を待たずに命を終えてしまうのではないかとリルケが絶望して、自然とこの句は生まれて来たものと思われる。しかし、リルケも気持ちの整理が出来て、迷いが吹っ切れたのかもしれない。C・W伯の亡霊は退散した。やはりメルリーヌをおいてほかに彼の心を癒してくれる女性はいなかったのだ。愛は再開された。ナニーへの手紙や電報によれば、ジュネーヴでメルリーヌがリューマチの発作で苦しんでいるのを見て、一月二十三日、ベルクの館に連れて来るのである。そのことをちゃんとナニーに報告している。ナニーへの気兼ねであろうか？　彼女は一週間ほどベルクで静養して、快方に向かった(15)。

この時期、アントン・キッペンベルクもベルクにやって来たことは既に述べた。

メルリーヌにはまた厳しい現実が突きつけられる。経済的理由で、ドイツへ戻らざるを得なくなり、絶望の淵に立たされる。リルケは慰めてやりたいと、二月十二日彼女を呼んで一晩べルクで一緒に過ごすのである。この時、N・R・F(新フランス評論)の前の号(一九二〇年六月号)で見つけたばかりのヴァレリーの『海辺の墓地』を読み聞かせた(2)。

リルケは三月十四日と十六日に『海辺の墓地』を翻訳し、三月二十四日にその手稿をメルリーヌに送っている。

ジッドにも一九二一年四月二十八日、ヴァレリーについてこんな驚嘆の手紙を書いている(8)。

「……ポール・ヴァレリーの『建築家』や(あちこち)幾つかの作品を読んで、深い感銘を受けたことをあなたにどう伝えられるか、その術を知りません。何年もの間彼を一向に知らなかったとはどうして可能だったのでしょう!?

数週間前に夢中になって、これら別世界の《真実の海の言葉》——『海辺の墓地』(『新フランス評論』一九二〇年六月一日号)の詩句を翻訳しました——もう出来ましたが、これは私の翻訳の最高のものの一つと思います! ……私のためにのみ、私の喜びのため、そして、私の女友達に敬意を表するために、それをなしたのです。私は彼女にこの讃嘆止まない詩を発見した直後に読み聞かせました……」とある。(訳者注:『建築家』とは『エウパリノス』の抜粋で、N・R・F——一九二一年三月号——に載ったものを言うのであろう。そして、この女友達とはメルリーヌのことであることは明白である)

メルリーヌはジュネーヴへ戻ってから矢継ぎ早にリルケに手紙を書く。二月十八日のメルリーヌの手紙は愛が極まって「……ねえ、『悲歌』続けるの? よい日曜日を、愛しい人」と、ちょっと余計なことを口走ってしまった(2)。リルケの内奥に潜んでいた絶望を逆なでしてしまったのである。

二月二十日、彼は早速哀願の返事をした(3)。

「……ねえ、僕のこと笑って頂戴、僕の言っていることが几帳面過ぎるとでも思えるならね──でも、決して『悲歌』のこと言わないで──後生だから！　僕の昨日の手紙で僕が仕事から遠く遠くにいること納得出来たでしょうに。近づくためにあらゆる可能なことするでしょうが──でも毎日の厳しい訓練によって暫くして到達しても──仕事に届きながらも、僕はまだ、──長いこと掛かっても──この崇高な事業からは遠いのだろう。この名状し難い球体の中に入り込むためにはどんな策略も、どんな直接的努力さえも使えないんだ、絶対的な帰順と二次的な価値の基準をよく行使するのに使われる日常的な服従を経てしか近づくことは許されないんだ。もし僕がそのための全ての法則を発見するよう君に頼んだとしたなら、それはもう僕の孤独ではないだろう──その所にいるためには長い道のりを歩くほかないのだろうと君に打ち明けることも許されてはいないんだ──始めているが……」と。

リルケは二月二十二日、今度はメルリーヌの心を逆なでするかのような十一ページ半にわたる殆どドイツ語の長文の手紙を書く(3)。その中に、

「……最愛の人、今、この数ケ月、この隠れ家が与えられている間に、自分の人生を整理し明らかにさせて欲しい（この長年の不透明の中にずっと留まっていることは出来ないのです）──ですから『悲歌』やその他の創作活動をすることが私にとって決して問題なのではないのです──私は《本づくり》

だけの《文士》なんかでは決してないのです。『悲歌』自体は（あるいは、いつの日か私に授けられるものがあるとすれば、それらも）内部の起草の結果であり、内部の成長の結果であり、つまり、私の完全に中断され拘禁されていた本性が純粋に包括的に成長した結果に過ぎなかったのです。ですから、非常に驚いたのです、あなたがこの間『悲歌』について、ある一つの《作品》と同じように語っていることが――そして、あれがあなたを危うく痛めつけているように思えて。……

あなたの愛は、ある時は私が強くなることに無限に力を貸してくれました――自分の未来があるのはあなたの愛の広さと歓喜のお蔭だと毎日のように思っております。しかし、決定的なことは孤独のうちにしか訪れないのです、そして、私の孤独を将来更につかみ、満たさなくてはならないのです、そうすれば大きな関連の中での調整が許されるのです、子供の時に私がより一層熱望していた、そう、如何なる幸福よりも、ああ、無限により多く熱望していた大きな関連の中に……」と。

愛の活動と自己の内部に入り込んで、自己の内部の声を聞く――つまりは結果として作品として現れる創作活動とは違うのだと、リルケは主張する。メルリーヌにとってはまたまた衝撃であった。彼女は『悲歌』が出来ればいいんじゃないのと軽く考えていたのだが、リルケは「俺は単なる文士じゃないよ」と咎めたのである。二人のいわば行き違いにわだかまりが残ったかもしれない。以後二人の間で『悲歌』は禁句となってしまったようだ。

リルケは三月から四月に掛けて『C・W伯の遺稿から』の第二部を書くのだが、気まずい思いが多分残っていたのかもしれない。何となくメルリーヌとのやり取りに触発されて出来上がったような第十番目の詩を載せておこう。例のインゼル書店の『リルケ全集』によれば、作詩時期は三月六日以前とある（1）。

X

私は出発した──運命の種を撒いたのは私だった
今や運命は幸福に気前よく育っている
窒息しそうな喉に突き刺さった魚の堅い骨が
実は魚の中にいるように自然で違和感もない

私には秤を釣り合わすべき何ものもない
あの世では分銅を増やすという──
天上では星位が無実ではあるが
私の不安定さについてはまだ分からない

遠い幾多の星々からの光が
宇宙の中で飛び交い　ついには我々に届くように
運命の歪んだ文字が　我々の死後ゆっくりと
我々の星の前にようやくにして現れるのだろう

ベルクの環境も四月に入ると騒々しくなる。隣に製材所が出来て電気のこぎりの騒音をまき散らしてかなわないという(3)。家政婦のレニ嬢は農家の出で体も頑丈なのに、同様に苦痛を訴えているとメルリーヌに報告している。更に五月以降の借り手が見つかり、家主のチーグラー氏が後釜を連れて来たとも。残りわずかな折にも創作は続けられた。第二部の最初の詩を掲げておこう。作詩時期は不明ではあるが、四月に入ってからであろう。

I

季節の到来を前にしているように　がらんどうの小部屋の中でのように
啄木鳥が葉の落ちた楡の木の幹をコツコツとたたいてる
来世のかなたからの光
屋根の上を越え行く風

間もなく夏は立つ
完成した一軒の家
戸口の何たる狭さ！
だが、全てが歓喜に満ちて染み込んで行く

報酬をもらおうとするかのように
何のために？

これは墓の中からの感慨であろう。ヴァレリーの『海辺の墓地』の影響を何となく感じさせる。リルケは契約期限の来た五月十日、ベルクを出たが、その直前にベルクでの最後の絶望に満ちた手紙をメルリーヌに書く(3)。メルリーヌは既にベルリンに離れていた。

「……説明しなくとも（それにそうするにはとてつもなく苦しい努力をすることになる）、ベルクでの最後の日々に僕に起こったことは理解してくれるでしょうね──

今日こそチューリッヒへ立ちます（いつもの日曜日のように夕方六時に）。スーツケースも鞄も用意出来た──それでも、この大きな部屋が、あたかもこれから僕が始めるかのように、再び親しみやすく、おもてなしをしてくれるような気がする。そして、実を言えば、今が十一月十二日であって、ここに閉じ篭ることが出来たらという願いしかないんだ。

これほどの感謝の念、それに身に染みる後悔の念で居場所を去ったことが今までには一度もなかった。これが僕の机で書く最後のものだよ。

長いこと筆を休めて、庭を眺めている。全てが緑だ、とても美しく、希望に満ち溢れている。今、噴水は西から吹く強い嵐に苦しんでいる。明るい太陽としとしとと降る雨との急激な変化をもたらしながら、嵐は季節の象徴として窓の外を過ぎって行くんだ。

じっと眺めている……

数日したら、僕は落ち着きを取り戻してもう少しいい感じで君に手紙を書ける、先ずはそうしようと思う、そして、後でもね——今日は僕の心をすっかり占領していた惜別の弁だよ。——ああ、ねえ、君、分かって、許して頂戴、この悲しさ、この無力さを」と。

何と悲壮な手紙だろうか。この冬の半年は期待していたにも拘らず、結局まともな仕事が出来なかったということである。この気持ちはこれ以後も持ち続けることになるが、その辺りを以後の手紙で見てみよう。

リルケはベルクの館を出て、チューリッヒのボール・オー・ラックというホテルに宿を取った。そして、翌日、ナニーの息子の運転する車で西の方レマン湖を目指した。新聞広告で見つけた、エトワの元アウグスト派修道院を改装したペンションに入った。ここで、一、二ヶ月を過ごすのである。エトワはレマン湖でも、ローザンヌに近くモルジェとロルの間の小村で、湖畔からはやや離れている。しかし、なじみのニヨンに近く、ジュネーヴにも倍の距離で行けるのである。

リルケはここから五月十九日長文の更に苦しい胸の内を明かした手紙をメルリーヌに送る(2)。長いので要点のみを示して置こう。大きく三つの部分に分かれるが、

「……僕の最も奥深い苦痛は自分が望んだ形をこの冬に形づくることが出来なかったということからは既に離れている……」と。

しかし、これは嘘である。次を見れば分かる。

「……しかし、この件に関していつか——後に——君は読むことになろう——ベルクの最後の

数日に僕が書いた覚書を──」とあるからである。

この《覚書》というのは仕事の不首尾を嘆いた『遺書』のことである(29)。十一月十二日、ベルクに入城した時は、ひそかに『悲歌』の完成を確信していたのである。しかし、ベルクの半年は、全く無為に過ぎてしまった。『C・W伯の遺稿から』という全く馬鹿げた作品しか生まれなかったことにリルケはやり切れないほどの絶望の思いを募らせていた。そして、『悲歌』の完成をもう諦めていたのかもしれない。

これに追い打ちを掛けたのは、次なる隠れ家に対する見通しの無さである。

「……当然のことながら、僕の最初の考えはシエールだった──しかし、費用が掛かり過ぎるでしょう（僅かなお金でスイス滞在の残りを工面しなければならないのだよ）、それに君を連れずにそこに行くなど考えられなかった……（二ケ月前に宝くじを何枚か既に買っていたのだが──もし運命の気まぐれが僕にお金を稼がせてやりたいと望んだら、君をシエールに招待しようと考えていたんだが、でも、残念にも以来二度の抽選があったけれども運命の女神はぼんやりして、ほかのことに心奪われていたらしい！）……」と。

更に、リルケはこうも言っている。

「……君とシエールで会えるように出来ないとは何という残念だろうか──僕がそこでのことをいろいろ追想しているけれども、今回はどうにもならない。たとえ銀行にあるお金全部を持って来ても、僕らを数週間しか引き受けるだけに過ぎないんだ……」と。

これが彼らの現実だったが、次章で続きを話そう。

三番目はリルケが何処に終の棲家を選ぼうとしていたのかである。「……フランスにもう一度滞在するという言い表せないほどの喜びを一気に飲み込んだ、つまり、疎んじられた国境を突破しなければならないのだが、そのための十二分に決定的なアイディアがまだ何も考え付いていていないんだ……」と。《もう一度》というが、旅行でという意味ではない。しかし、経済的問題はどうしても解決出来なかった。それは一つにはマルクの暴落にあったのであろうか。リルケは死の前年に七ヶ月ほどパリに滞在したが、健康不安で、スイスへ戻るしかなかった。スイスでは庇護者が待っていてくれるのである。それ以外の土地ではもはやリルケの生活圏は存在していなかった。

五、新しい隠れ家ミュゾットの館（一九二一年六月—一九二六年末）

リルケはベルクの館で成し得なかったことを、次の冬に何としても成し得たかった。そのためにはあらゆるチャンネルを駆使してでもベルクのような新しい隠れ家を速やかに見つけねばならないとベルクを出た時から思い続けていた。カリンチエ、カイザーシュトゥール、メックそして、メルリーヌの友人のジャック夫人のムッツアーノの紹介などがあった。ナニーへの六月二日付の手紙(15)にはジャック夫人のメルリーヌへの手紙が同封されていた。オリー・ジャック夫人がムッツアーノ（イタリア国境に近いルガノ近郊）に貸家を持っているが、その条件は月百フランの賃料で、直ぐに買い取ってくれてもいいというものであった。しかし、リルケは余り乗り気になれなかった。彼は六月六日、メルリーヌへこんな風に返事をしてる(3)。

「……メルリーヌ、僕は自分の運命と多くの対話をしていたんだ、昼も夜もね——しかし、ムッツアーノは僕にとっては良く分からない、信用出来ないんだ（恐らく、僕があの地を知らないせいなんだろう）。しかし、シエール、シエール、いつも僕は僕らがシエールにいるのを思い浮かべている——運命が僕らをそこにいることを義務付けているように思われる、僕らのテラスの上に、本と共に、そこに移すようにとね……ねえ、メルリーヌよ、君が望むなら、信じるなら、全て可能だよ——僕の訪問客が帰ったら直ぐにそこへ行きませんか？　僕は既にホテル・ベルヴューに手紙を書いたんだ、とても親切にも返事をくれた——今時こんな人たちはいないよ……」とある。

訪問客とはロルに来ていたタクシス侯爵夫人のことである。お孫さんをペンションに訪ねたのを機にリルケはロルに出向き旧交を温め、出来上がっていた二つの『悲歌』を朗読してやったとある(15)。夫人が帰ったら、今度はメルリーヌである。エトワに呼んで二人でシエールへ隠れ家探しに向かうことになる。いろいろ候補があってもシエール以外にはないとリルケは心に決めていたのである。

ここで、リルケがナニーに送った手紙に触れておこう(15)。先ず、六月二十三日、シエールへ出発直前の手紙で、

「……ええと、昨日の速達に最新のニュースを急いで付け加えます——明日金曜日シエールに着きます。今日午後出発しようと思います——全て準備完了してます。と申しますのはラームの御仁が電話で明日と土曜日にシエールに急行し、来週の水曜日にしかいないと言って来ました。それで私たちも計画を変更しました。この間に会えないとしても、何かヴォー県人的な(訳者注：このラームの御仁とはピエール・ド・ラームのことでヴォー県ニヨンで不動産業を営んでいた)ほかの可能性があるのか話し合ったところ、土曜日午後メックで会うことに最終的に同意しました——ミスタードクザ（イヴェルドンの城主）に関して言えば、彼はラームの御仁に誰かに部屋を貸すことも彼の所有のままでペンションとして誰かに貸す……もしそんな風になるなら僕の豊かな不動産がすっかり失われてしまう……そんな意志などは更々ないと既に返事をしたと

のことです——　——そして、このままになっておればヴォー県への提供も首尾よく減らないし、しかも、シエールの希望としていつまでも残るし、目下のところは無傷のままでいられるわけです……」と。

つまりグーバン塔の持ち主は塔の賃貸の意志はもともとなかったのかどうかは分からないが、多分に値踏み交渉の材料ではなかったのだろうか。七月三日、日曜夜、リルケたちはエトワに戻って来た。そして翌日、更にナニーに長文の手紙を書く。その中から、《ミュゾットの館》に関係あるところを抜粋しておこう(15)。

「……その日はもう大体においてなくなろうとしていたように思えました（ラームの件はもう既にあちらの方へ行ってしまいました）が、それにも拘らず私たちはやはり夕方、いわば無意識の内に気を取り直して外出したのです（今や、奇跡が起こったのです、ニーケ！）——どうです！　ベルヴューの極々近くの、いつも側を通っている床屋《バザール》のショーウインドーに、《十三世紀の》小さい城の塔の写真を見付けたのです——どうです——《売家または貸家》の張り紙が付いているんですよ——ねえ、これこそ、恐らくは、スイスの僕の城に違いないのです！（ミュゾットの挿絵が書き込まれている）

見事な風景の中で魅力的な小さな庭に囲まれ、うっとりするような歴史的建造物、真の古い領主宅としか言いようがないほどです——十歩上にはセントアンナに奉献された白い小さな礼拝堂があり、これはこの邸宅にいわば必要なものだったのでしょう、全ては奇跡的というにふさわしかったのです。内部は各階に三部屋ずつあり、一部には十七世紀の極めてしっかり作られた家具が備わっている！（ほかの部分には身も毛もよだつような思いをし続けざるを得ませんでした）タオル、シーツとか食器類は家主に頼まなくてはならないでしょうが、台所はしっかり完備されております。家主はローニエ夫人と言って、正しく例の床屋《バザール》の所有者で、その娘と使用人が私たちを金曜日早くに上に案内してくれました、私たちは午前中、上にいて、もう殆ど自分たちのものであるかのように計画し、配置を考えながら、驚き、幸福感を味わっていました。そして、この娘は館がこれほど称賛されたことに喜んで、薔薇と木苺を寄越してついには私たちをそのままにしておいてくれたのです。土曜日、ラームにもうその場所は当てにしないとの番狂わせの電話をしました、その時、私は《塔と塔の交換！》と言ってやりました。昼間、私たちは女主人と商談をしました。さあ、今度は悲しいものになったのです——この老婦人にはそのやり方に不作法はないのですが元来奇妙な点がありまして、彼女の頭を支配していた《アルブミン》の発作を繰り返して——少なくともこの日にははっきりしたことにはならなかったのです。全てについて必要な決断は山のように彼女の前に居座っていて動かなかったのです。（中略）……

これは正しくひどい訪問だった——そして訪問は無益に終わったのです、金額についてはついぞ一度も話されませんでした——彼女は突然へとへとになって、もはや明瞭ではなくなったのです——しかし、私たちは続けました、そして、価格を出来るだけ高くしようと考えているらしいと気が付きました（最初賃貸を考えていた！）。年三千フラン、つまり、月二百五十フランもらえると考えていました、ラームはシエールとの比較を考えて、半分のリーゾナブルに年千五百、高くても二千フランであったのです！　とりわけ次のことを考慮すれば、これは全く法外でしょう、この家（古代の生活様式に素直に惚れ込んでいない人々にとって）はやはり多くの不便さが当然あります、先ず一番に電気がない、明かりは蝋燭かランプに頼らざるを得ない――　――水は家にはない、非常に悲しむべきはトイレなどなど……」と。

リルケという人は流石詩人だ。惚れ込んでおきながら、値段を聞いてからはぼろくそである。床屋の主人の方がはるかに上手で、十三世紀の廃屋、長いこと張り紙をしていたが、一向に買い手のつかなかった物件に、狂喜して長いこと思案していたリルケを見逃さなかった。これは金になると足元を見て、高値から始めた。ただ、床屋の女主もどこまで吊り上げたらよいのか見当がつかなかったのであろう。あゝでもないこうでもないとリルケを焦らす結果になった。尤もこれが純粋な手練手管から発したものか、あるいは真に病気を患っていたのかは分からない。しかし、いずれにしても、リルケにとっては正しく《殆ど打ち勝ち難い》交渉になったのである。結局、ナニーがヴェルナー・ラインハルトへ話を繋いで、ミュゾットの館は借りられることになった。二人は七月八日夜、エトワを立って、シエールへ向かった。ミュゾットに着くとメルリーヌの出番となる。リルケがリューマチの発作を心配する中、リルケはくたくたにくたびれ果てていたのをよそに、メルリーヌは勇敢にも献身的にミュゾットの館の整理に身を尽くした。

次は家政婦である⑵。ミュゾットでの「冬籠り」中のリルケの要求を満足させることの出来る家政婦を見つけることが大きな心配の種であった。最終的にはソルール県の善良な意志の持ち主の若い娘を見出すことが出来たが、殆ど料理や家の維持についての経験が乏しかった。ヴンダリー夫人直々の指導の下でマイレンで短期間の見習いを経て、十月十五日にミュゾットにやって来た。彼女はフリーダ・バウムガルテンと言った。

住居はこのように完全に整えられ、設備された。メルリーヌは十一月八日にミュゾットを去って、冬を過ごすためベルリンへ帰って行った。

ミュゾットとは何か、ここで、ゼルマッテンの説明（4）に耳を傾けてみよう。

「……ミエージュという村の出来る前にミュゾット（Muzot）という村があった——正しくはMusotteというべきか——小さな塔の周りに身を寄せ合ったような小さな村であったらしい。分かっていることはこの塔にこの国の主エヴェック公の代理人たちが居を定めていたということである。彼らは十分の一税を取立て裁判権を行使していた。

歴史には教会監督者の一人であったボゾンという名前と、その息子で、隣の女城主オットー・ド・ヴァントーヌと結婚したエーモンの名前が記録されている。この夫婦は始祖となることはなかったようだ、というのはロエシュの支配権を有したヴォー県の貴族一家デ・ブロネイがミュゾットに分家を繁栄させているからである。

ギヨーム・ブロネイが一二五〇年頃、古い土台の上に今の塔を建設した。小さな領主権は次にトゥール・シャチヨンに、それからシェヴロンへと変わった、シェヴロンの相続人イザベルはモンテイ家の一人と結婚した。

ピエール＝ローラン・ド・モンティがミュゾットの最後の城主であったらしい。彼はその地方の上部の村に支配権を譲った。土地、草原、ぶどう畑、森林の取引は一七一四年である……ライナー・マリア・リルケは廃墟を再建したミュゾットの最初の客ではなかった——十九世紀にはこの塔は《廃墟》と見做されていた。一九〇三年、この塔はヴァントーヌの怠慢な所有者からシエールに居を構えていたフランス人の商人ローニエ氏によって、総額千二百フランで買い取られた……非常に長い間放棄されて来たこの建物の修復には幾分かの大胆さが必要であった。壁だけが実は幾らか価値を保っていたに過ぎなかった。屋根は余りに損傷がひどく、雨は恰も木の茂みを通過するように、腐った天井を突き抜けて地下室まで滴り落ちていた。近所の村人はこんな残骸を買った人を少し可笑しいのではないかと見ていた。ローニエ氏はそれを短期間で趣味の仮寓にしたのである。聡明な建築家が最初の建物への復元期待を裏切らない仕事を進めた。外壁を漆喰でつなぐに当たっても中世の田舎風の外観を真似させた。十七世紀の幾つかの銃眼は窓に広げられた——開口部は修復するだけで我慢したが、しかし、必要に迫られて二つの小さなバルコニーが付け加えられた。玄関の入り口は再建され、入り口に少し段々を加えた。台所が整備され、建物の三方に庭が作られた。このように非常に称賛さるべき修復なしにはリルケがミュゾットに住むことは考えられなかったであろう。ローニエ氏はこの小さな城に近くで見つけた家具を持ち込んだ。滞在を快適にするこれらの配慮に詩人は感嘆した。

ローニエ氏の死後、彼の未亡人と子供たちはヴァカンスにはミュゾットで暮らし続けた。ローニエ夫人は病気になり、子供の後見人は塔が売りに出されることになろうと信じていた。

——お入り下さい！

詩人は入って目を奪われた。長い間の捜索はついに終わりに達した……」と。

これでミュゾットの館が如何なるものであったか分かろうというものだ。流石はゼルマッテンらしい描写である。誰もがこの館に惚れ惚れすることだろう。しかし、電気も水もないとはリルケにとってはどうでもよいことかもしれないが、家政婦にとっては大変な苦労を強いられたのではないかと頭の下がる思いがする。

ここで、メルリーヌとのやり取りに再入する前に、いろいろと心を砕いてくれたタクシス侯爵夫人への手紙に言及しておこう。夫人のボヘミアの領地ラウチンに家を設けてやろうとの心尽くしにリルケは喜んでいたとは思うが、リルケの本心はもっと別の方を向いていたのではなかったろうか？　ラウチンは彼の生まれ故郷プラハに近く、リルケ自身馴染みではあった。しかし、それは彼にとっては正直余り気の進むところではなかった。マルテを魅了したパリは実はリルケにとっては異郷であった。長く住むことによって気心の知れた友人たちと親交を結び第二の故郷のようになったが、それでも異郷には違いなかった。彼はベルクの館に入城する直前にちらっとパリを訪れたが、確かに、パリは彼の心の中にやはり異郷としか映らなかった。しかし、マルテ時代の異郷とは全くと言って良いほど変わっていた。パリがではない。パリとの距離である。完全に疲弊したドイツを母国に持つ者にとってパリは昔のパリではなくなっていたのである。第一、生活の不安が拭えなかった。それはリルケにとっては致命的な問題である。もし、リルケに生活の不安がなければ――庇護者がいてくれれば――躊躇することなくパリへ移住していたのではなかったろうか？　パリが異郷であるとの認識が強かったからである。パリで出会う人間は彼にとっては塵のようなものであった。何ら有機的なつながりを認めることは出来なかった。彼がシエールを選ぼうと考えたのは、最初に訪れた時にそこが地の果てに見えたからではなかったろうか？　ローヌの切り立った渓谷にアルプスの山々が眼前に広がり、丁度ドゥイノの城で対峙したアドリア海に見えた。夜は満天の星空である。ドゥイノの城で茫漠たるアドリア海と独り向き合って、彼は自分が地の果てというより生の果てにいることを感じた。生と死との両方を感じる境界を感じたのである。彼方に死の世界が透けて見えた。そこに半透明の鏡を立て、理想の生をそこに映らせ、凝視しながら、鏡像に死の世界を重ね合わせて、生と死を融合させようとした。その鏡にはいろいろな霊や天使が現れ、鏡像は現れた天使と交信を続け、生の賛歌を謳った。それで終われば『悲歌』は未完成のままである。完成のためには透けて見えた筈の死の世界を描かなくてはならない。このことは次章でよく考察してみる積りでいる。ベルクは確かに優れた隠れ家には違いなかった。しかし、懸命に『悲歌』の世界を思い返してみたが、理想的な死の世界が現れる代りにグロテスクなC・W伯の亡霊だけが現れたに過ぎなかった。何故か。地の果てという実感が湧かなかったのである。リルケの嫌いなチューリッヒが余りに近過ぎた。しかし、シエールは山の中のドゥイノであった。リルケは『悲歌』が完成出来ると直観したのである。

タクシス侯爵夫人はリルケがメルリーヌとシエールにいるとは知らずに七月十五日、ラウチンからエトワ（のちシエールへ転送された）へ手紙を出した(13)。

「親愛なるセラフィコ（訳者注1）

如何ですか？　私の手紙受け取ったかしら？　来て下さらない？　パシャ（訳者注2）はここにいます、あなたに盛んに呼び掛けてるの——私があなたに彼がこう言っているのを伝えましょう——あなたが来ないとは、それは正しく《cochonceté《コションステ》》だと——（この言葉あなたには新しいでしょう、フランス語のあなたの知識を豊かにする筈です）（訳者注3）。カスナーが午後着きます、いつも手紙であなたが何時来るのかと訊いてます——一言でも頂ければ幸甚です、その時は相応しい住居を喜んで用意したいのですが、もし来て頂けるのでしたら、私は何と待ち焦がれることでしょう、反対にあなたなしでは苦しいのです、親愛なるセラフィコ、分かって下さい！　——私ここの書斎に秘密の知識に関してスタニスラフ・フォン・ガイータが考えた二冊の注目すべき本を持っております——あなたがスペインから当時私に書き送ってくれたファーブル・ドリヴェについてしばしば言及してます、これらの本に書かれていることにあなたもご興味を持たれることと思います——そして、私共はご一緒になって、あなたが持っておられる鍵で以ってこの信ずべき扉を開けられると思います——あなたはその神秘な世界にどのように生きてられるのか、そして、その不思議さを私がどれほど強く感じているのか、あなたが来られたら直ぐにでも——私はこれら珍しい本のうちから何かご一緒にもう一度読んでみたいのです——もう直ぐです！　パシャの子供が十七日に来ます、非常に喜んでおります。エーリッヒ一家（訳者注4）の無数の赤ちゃんたちは既に残らずおりません、今はただ善良なプロフェッサーだけがおりまして、ブラームスの珍奇な曲を悩ましげに弾いてます——私はこの手紙をエトワに送ります——来られることを——　私たちすべての、特にアレックス（訳者注2）

の愛をこめて——MT」と。

訳者注1：夫人は一九一二年の七月頃、リルケのことを本名で呼ぶのは畏まり過ぎると言って親愛を込めてドットール・セラフィコまたは単にセラフィコと呼んだ——セラフィコはイタリア語で《熾天使《してんし》——最高位の天使——のように清らかな》の意、ドットールはミスターと同じ使われ方で、《セラフィコさん》という意。

訳者注2：夫人の三男（一八八一—一九三七）、本名アレクサンダー、長男はエーリッヒ（一八七六—一九五二）、次男は夭逝した。

訳者注3：この言葉、当時どのような意味で使われたのかは小生不明だが、余り良い言葉ではなかったのであろう。cochon（豚）からの派生語であることから、豚社会を念頭にしたもので、男たちが集まって何か怪しげな話を自慢げに話し合うような場面を想像させる。パシャの使い方からすれば、「リーダー（リルケ）のいないグループ」、日本語では「烏合の衆」とでも訳せるように思える。

訳者注4：長男一家、子供が九人いた。

リルケはこの提案にはっとしたことであろう。早速シエールのホテル・ベルヴューから長文の返事を書く。日付は七月二十五日とあるのは転送による遅れのせいと思われる。長いので関係のあるところだけを抜粋しよう(13)。

「……さて次に私を強く引き留めている特別な事情について申し上げましょう——三週間ほど前に私が（私の訪問客と共に）エトワから出立しました時には、ここで（長くホテルに滞在したくはありませんでした）小さな家が私共に約束されておりました、しかし、最初の吟味の段階でそれが役に立たないものであることが分かりました、それからその周辺であちこちほかの物件を見聞しているうちに、時間がなくなってしまいました――その時、突然最大の誘惑物件が現れたのです。この領主館、塔、その壁は十三世紀にまでさかのぼるものですが、その平たい天井屋根、その家具調度品（長持ち、テーブル、椅子）は十七世紀由来のものです――売り物件または賃貸物件でした。至極正当な値段でしたが、フランス語圏のスイスで私が実現出来る可能性をはるかに超えておりました。ところが、ここで一週間前に、とうの昔にこの所謂ミュゾットの館（ミュゾットと発音して下さい）を知っていた私の友人の一人、ヴィンタートゥールのラインハルト家の一人が、私に自由に出来るようにその家を借りてくれたのです！　そして、明日ここを出て、戦闘準備に没頭する厳しい城主のような思いでちょっと試しに住むことにしました！……（傍点フランス語）

ここはシエールから二十分ほどかなり険しい坂を上ったところにあります、辺りは余り不毛ではなく幸せな雰囲気で、多くの泉が流れ落ちる田園地帯です――……

入口は後ろ側の、斜めの屋根が突き出ているところにあります、この階（前の方に長いバルコニーが増設されている）は食堂、小さな化粧室と客間があります――台所（近代的な増築）を伴ってます、以前の台所はその下の一階にあって、唯一の非常に大きな空間だったのです（今は放棄され、庭仕事の用具の準備室になっております）。上の階に私は居を構えます――そこは私の小さな寝室で、右の明り窓から光を受けますが、また反対側には、木の茂みの中に小さなバルコニーが前へ出ております。それと並んで二重窓があり、その隅を回った所、日当たりの良い西側に私の仕事部屋に必要な次の窓があります、昨日私共は全て手元にある建具で以って大よその配置を致しました……

侯爵夫人、こんなわけで、私は差し当たりこのミュゾットの手に落ちてしまいました――私はそれを試して見なくてはなりません。どうぞ、あなたもご覧になって下さい！　谷から近づいて来ますと、それはいつも魔法のように立っております――小さな庭の薔薇の並木道（今は日焼けしておりますが）の上に、今は、太陽の光の中で金色に焼かれて鳶色になっておりますが、灰色がかった紫色の色調を持った太古の切り石の色合いを持っているのです、これまた、疑いもなくアンダルシアの城壁のようでもあるのです……」と。

そして次のように結んでいる。

「あなたの最初のお手紙をエトワで頂きました時、私は様々な困難に直面し始めていたのです――今はある程度上手く行っておりますし、苦しまなくて済むように恐らく更に上手く行くと思われます、純粋な均衡の上に立って、私の心が正しく納まるように。

――私の女友達がまだここに今暫く留まることになりますが、それもミュゾットでは彼女の助力が必要なためです。私が前年彼女と最初に発見したこの風景が彼女にも、私と同様、正しく、非常に記憶すべきものだというのです、そして、私は彼女の大きなそして優雅な絵に対する天賦の才が当地の人たちに正しく大いに証明されることを希望しているのです。

親愛なる侯爵夫人、ここで筆を擱《お》きます。カスナーはどのくらいいる積りなのですか？　あなたのところで会えるためには、そのことが私の旅に出る出発日の決定に当然ながら寄与することになりましょう。

エトワは最後まで素晴らしく親近の持てるものでした。

いつも、いつも、いつもあなたのお側にとの思い強く、

あなたのD・S・」と。

何とも遠慮っぽい手紙である。冒頭部分の二ヶ所のカッコ書きには言い訳がましい心の内が露呈しているし、《彼女の助力が必要なためです》との表現は「仕事が済めば直ぐに帰します」ということを言外に隠していよう。なんだかメルリーヌが少し可哀そうな気もして来る。大庇護者のラウチンの申し出を断るのだから仕方ないのかもしれない。それほどリルケにとってはタクシス侯爵夫人の存在は大きかったのであろう。それにしてもリルケは女性の心理を巧みに読み、決して不満を残すことはしなかった。実に気配りの行き届いた詩人であったと言える。ちゃんと最後にはメルリーヌをも称えている。憎らしい心配りであるが、リルケ自身のメルリーヌへの愛をはしなくも告白してしまった。そして、ラウチンに行くことはもうないと心に決めたことに対してはカスナーを引き合いに出して、何とも晦渋な表現で包み隠した。カスナーだっていつまでも侯爵夫人の許に留まっていることはないのだ。ミュゾットを終の棲家と決めていたのであろう。

六、『ドゥイノの悲歌』の完成（一九二二年二月）

リルケのナニーへの一九二一年十一月八日付の手紙によれば、この日の朝八時にメルリーヌを見送りにシエールの駅まで同道した帰りにホテル・ベルヴューに寄ったとある。ここから、早速リルケは中継地のチューリッヒに向けてメルリーヌに手紙を書いた（2）。

「愛しい愛しいメルリーヌ、

今ベルヴューにいるんだ、君が目覚めさせてくれたこの心をすっかりもらってこれから僕のものになるだろう、僕らの善良にして忠実なるミュゾットへ上って行く前に、君に急いでこの一寸した挨拶をチューリッヒのお目覚めのために送るよ。心静かにしてて下さい――というのは君が想像出来ないほど長く続くのだから！　神が僕らに倒れてしまうほど惜し気もなく下さったこの豊かさを何一つ失うことなく、十分に使いこなすよう何と神は保証して下さってているんだ。

僕は（右手の小さいテーブルに座っていて、読書室に誰かが入って来たのかどうかと）目を上げると壁の羽目板の壁紙に描かれたつりがね草が軽快に浮かび上がり、思い出に働き掛けるような様子が見える――夏のある時期一緒にいられたこと、丸々夏中一緒にいられたこと、一緒だったこと、いや待てよ、夏全体を意識出来たこと、その幸福をどれほど味わったことか……

もう吹っ切れたよ、良いこと、正しく良いことを始めるために、今や上るんだ。至る所で力を借りよう――全ての思い出のために、そして今日、僕らにくっついている大きな悲しみのためにさえ。メルリーヌ、出来るだけのことをやろう、やろうよ」と。

メルリーヌの献身的な働きによってミュゾットが目覚めたことへの感謝の念が痛いほど伝わって来る。『悲歌』の完成が予感されたことが尚のこと、リルケの心中を高揚させていたのである。その勢いを駆ってか早速ナニーにも手紙を書いた。リルケらしい文面である。その内容をかいつまんで紹介すれば、ナニーにミュゾットへ来てもらいたくて、ホテル・ベルヴューの部屋を予約したとある。その誘いの表現がリルケらしい。「ここで最も輝かしい太陽があなたをお待ちしてます」と。《最も輝かしい太陽》とは当然のことながらリルケのことである。そして、「家は完璧になりましたが、あなたがここに暫く滞在して下されば、何が尚不足しているのか追々お分かりになりましょう」もリルケ独特な謎掛けのようである。更に、「こちらへの出立前にチューリッヒでメルリーヌに会うようなことになるのでしたら、彼女の水彩画を見せてもらうよう彼女に促してみてはどうですか」ともある。ナニーは十一月十一日にやって来て、十九日まで滞在するが、ミュゾットにずうっといたわけではない。

そして翌日九日、またメルリーヌに手紙を認める(2)が、この中に「君はミュゾットの絵葉書や君のオルフォイスを忘れて行ったね」とあり、これについてバッサーマンは「これはシオンへの遠足の折に、メルリーヌが土産物屋で見つけたチマ・ダ・コネリアーノのオルフォイス——二頭の鹿を従えたヴァイオリン弾きの絵を複製した絵葉書。メルリーヌはそれを購入し、リルケの書斎の壁に貼って来た。カタリーナ・キッペンベルクが館を訪問した際に語っているのは、「ミュゾットに残されていたこれと同じ絵のことである」と注しているが(2)、カタリーナ・キッペンベルクは「一枚の小さな版画が壁にえぐられた窓口の中に掛けられていた、何も重要なことと関係があるようには見えなかった。その絵は竪琴をかかえたオルフォイスを描いていた、そして、リルケは私たち（訳者注：キッペンベルク夫妻）に飾り棚の中を偶然見ていたら、突然、電光が走り《ソネットたち》がこの人物の周りに集まり出した、そして、そこから名前を借り、次に若い死とその墓所とに関係づけたという顛末を話してくれました」(28)と注しており（傍点訳者）、二人の証言は異なる。確かにチマ・ダ・コネリアーノの絵は存在する。しかし、K・キッペンベルクがヴァイオリンと竪琴を間違えるとは考えられないだろうし、K・キッペンベルクはリルケがキッペンベルク夫妻には何事につけ、自分の創作についてはちょっと脚色して語る癖があることを知っていたから、リルケの話を注意深く聞いていたと思われ、もしかしたら、この絵はもともとチマ・ダ・コネリアーノの絵ではなかったのではなかったろうか。

それはともかくとして、このオルフォイスの絵については、更に補足することも出来るだろう。リルケは一九二二年一月三十一日に四行詩を三つ合わせて一聯とし、それを更に三聯重ねた幻覚的な奇妙な詩を書いた。この詩にリルケ自ら竪琴の絵を添えてカタリーナ・キッペンベルクに送ったという(1)。それを発想させたのがこのオルフォイスの絵であったのだろう。例の『オルフォイスへのソネット』の創作の直前ではあるが、これらの間には何の脈絡も感じられない。ただ、この奇妙な詩にリルケの精神的な異常――圧迫、生みの苦しみなどを読み取ることが出来るであろう。大作の生まれる直前の陣痛の苦しみだったのだろうか。その詩をちょっと紹介すればはこうである。

「泉の上に身を屈めて
ナルシスは何と黙っていることだろう
森の中では　アルテミスが
何と黙って彷徨っていることだろう

おお　何という悲しい運命
それでも話をしよう――
ひたすら愛しく囁けば
ポリュペーモスすら聞いてくれるだろう

しかし　口よ　口よ
歌い喋る口よ
私が聞きさえすればよいが

そうでなければ　口など存在出来まいて

……」

と始まる。この精神状態は翌日も続いた。二月一日、『Mの所有から』というものを書いた(1)。と言ってもこれは表題ではなく、Mに関する献辞の手控えの中にあったものである。《M》とはメルリーヌのことであり、二月一日とは『オルフォイスへのソネット』の書かれる前夜ということである。

「……何時になったら　何時になったら　何時になったら満ち足りるのだろう
嘆くこと喋ることが？　人間の言葉を組み合わせることには
今までマイスターは現れなかったのか？　新しい試みは何故？

……」

と始まるが、これとても、自分の創作力に対する不甲斐なさを表しているのだろう。しかし、翌日、突然、『オルフォイスへのソネット』が生み出されるのである。

ところで、この小著は『ドゥイノの悲歌』を注釈することではないので、深入りはしたくないが、ミュゾットへ移ってわずか数ケ月の後に『ドゥイノの悲歌』と『オルフォイスへのソネット』というわばリルケの代表作がほんの短期間で完成された背景や、リルケの死生観などについては少し触れておきたい。

ドゥイノで書かれ始めた『悲歌』は天使の完全無欠の強烈な存在と比較して、人間の弱さ、愛の無力さを訴えた。まだマルテの残照が残っているような弱々しさである。この時、つまり、一九一二年の一月から三月に掛けて『第一』『第二』それに『第三』の冒頭部『第六』の一部『第九』の冒頭部の六行と末尾の三行『第十』の一部などが書かれていた(22)。その後、リルケは一九一二年の暮れから翌年の二月ごろまでの約三ケ月間、スペインへの旅に出るが、その時に『第六』の冒頭一行から三十一行までが書き加えられた(22)。

スペインで受けたイスラムの影響が「生の賛歌」謳歌の推進力となった。一九一二年十二月十七日付で、リルケはスペインのロンダからタクシス侯爵夫人へ手紙を書いている。

「……侯爵夫人、とにかく聞いて下さい。私はコルドバに来て以来、ほとんど狂暴なほどに反キリスト教精神の者になっておりますし、コーランを読んでおりますが、コーランは私に時おり、一つの声となって話し掛けて来るのが聞こえます。かくて、私はあらん限りの力を以ってその中に入っております、あたかもオルガンの風の中にいるようです……モハメットはとにかく隣人でした。太古の山を下って来た大河のように、彼は一つの神への道を切り開いたのです。ですから、人々はその神と堂々と毎朝話し掛けることが出来るのです。もしもし、どなたですかと、絶えず呼び掛け続けても、誰も返事をしないキリストという電話など必要ないのです……」(13) と。

キリスト教的欺瞞の彼岸思想にリルケは我慢出来なかった。その反動は生への執着賛歌となって、此岸での自己実現の謳歌を叫ぶのである（この件については、第一章でちらっと言及した『若き労働者の手紙』にリルケの考えが明確に示されているので、キリスト教批判と共に、第八章でやや詳しく触れたい）。つまり、ここへ来て、『ドゥイノの悲歌』はドゥイノで書かれた最初の『悲歌』を否定するかのように、積極的に生への賛歌へと大きく舵を切る。

その一部を『第六の悲歌』から紹介しよう。『悲歌』と『ソネット』のテキストはインゼル書店全集第一巻のものを使用した(22)。スペインで書かれたものである。

「不思議なほど英雄は早世した人々に近い　持続は
彼を感動させない　上昇こそが彼の存在なのだ　絶え間なく
彼は自らを略奪して　常に危難と化した星座の中に入るのだ
そこでは殆ど誰も彼を発見出来ない……」

英雄は死を顧みずに自己の生を実現するために上昇するだけなのだ。決して立ち止まらない。その姿は『第七の悲歌』の冒頭で歌われる鳥のように、そして、生を急ぐ早世する者のようにというのである。このように人は彼岸を思い描くことなく、ひたすら自己実現にのみ生きるべきという。この思いは更に強力に推し進められ、『第九の悲歌』に至って、

「見ろ　私は生きている　何によってか？　幼時も未来も
減じはせぬ……有り余る現存在が
心のうちにほとばしり出る」

と生の賛歌を歌い上げて結ばれる。しかし、そのためには死を意識させることから始めなければならなかった。リルケは一九一五年の暮れにミュンヒェンで成立した『第四の悲歌』の中で、天使が人形を操って、臨終で人間に「真実の生」というものを目覚めさせる。

「……
それで　我々が存在することによって
絶えず離反させていることが　一つになる　その時
我々の四季から　完全なる進化の
円環が生まれる　我々の頭上を越えて
その時　天使は演技する　見ろ　死に行く人々を
我々がこの世で行っている全てのことが
なんと　かこつけに満ちていることに
彼らは思い知るのではないだろうか……」

《離反させていた》生と死が《円環》上でつながって一つになって、もはや出口がなくなった時に、《この世で行っていた全て》が実は《かこつけに満ちていた》と気づく。それでは遅い、出口がないが故に人は「真実の生」を追求しなければならないのである。それこそ英雄の如く「生の賛歌」を謳うことである。そのため、『第六の悲歌』『第九の悲歌』の未完部分を完成させ、その勢いを駆って、全く手を付けてなかった『第七の悲歌』を完成させねばならなかった。その『第七の悲歌』を覗いてみよう。中ほどで、極めて直截的に宣言する。

「この世にあることは素晴らしい　乙女たちよ　お前たちもそれを知っていた
惨めそうに思われて落ちて行ったお前たち——
都市の邪悪な裏町で膿瘍に罹り　あるいは　淪落に身を委ねたお前たち
だが　それぞれ　一時　いや　それ以下かもしれないが
二つの瞬間の間を　時間の尺度でほとんど測れないほどの
一瞬であったかもしれないが——お前たちは存在を持っていたのだから
誰もが　血管には存在が満ち満ちていた
しかし　笑いこける隣人が　認めてくれないもの　羨んでくれないものを
我々は　忘れ易いのだ　我々は　幸福を皆に見えるよう
高く掲げようとする　だがしかし　最も目に見える幸福というものは

我々が　その幸福を　心の内で　変容させることが出来た時にだけ
初めて　我々に知らされるのだ

恋人よ　世界はお前の内の外《ほか》には何処にもないのだ
我々の生は変容と共に移ろう　そして　外部は益々
卑しく縮まって消えて行く　かつて不変の家屋のあったところに
考案された建物が　横ざまに勢力を張り　ただ　思考の産物に属しながらも
恰も　脳髄の中ではまだ立派に建っているかのように
時代精神が巨大な力の倉庫を創造する　形を持たない
あらゆるものから獲得した緊張させる力のように
現代では　もはや寺院などない　このような心情の浪費を
我々はよりひそやかに蓄える　その通り　今なお一つが
かつては祈祷がなされ　奉仕がなされ　跪かれていた寺院が存在している場合にも――
そのことはもう目に見えないものの中に　あるがままに　取り込まれている
多くの者はもはや寺院を認めない　しかも　それを内部に築くなどには
支柱と立像を備え　より壮大に築くなどには利益を感じないのだ……」

病魔や貧困にどんなに苦しんだ人々でさえ、一瞬《存在を持っていた》のだとは、生という幸福を感じたのだという意味であろう。しかし、その幸福感を《心の内で　変容させる》ことが出来なければ、一瞬で通り過ぎてしまう。《心の内で　変容させる》ことで、無常の現実の生を心の内で常住化することが出来るというのである。このように内面化してこそ、存在を持つ——幸福を感じるという意義が生まれる。もし、《この世にあることは素晴らしい》にも拘らず、内面化しようとしなければ、『第四の悲歌』で言うように人は人生に《かこつけ》を使うことになる。そして、有限の生を悲しみ、ありそうもない彼岸のことを考えることになると内面化の必要を説いた。《笑いこける隣人》が認めるものは「目に見える、具象の幸福、即ち、富とか地位」のことであるが、「真実の幸福」とは《心の内》にあるのだとリルケは強調する。昔の人は「寺院を建てる」という《心情の浪費》をしたが、現代の我々は、外部に建てるのではなく《心の内》に《よりひそやかに》蓄えるべきで、もはや寺院など不要なのである。この『第七の悲歌』は「生の賛歌」であると同時に、その喜びをどう具現化すべきかを説いているのであろう。『第九の悲歌』を導くための下準備のような格好である。次に、リルケが挑戦したのは「死」の問題である。

生から死への移行について、死は生とは全くの異物でも別物でもないとリルケは謳う必要があった。既に『第四の悲歌』の中で《円環が生まれる》とあるのは、「生」と「死」が《円環》上でつながるということ、「生」と「死」が同一のものとして人生が完結するのである（リルケの嫌ったニーチェの『永劫回帰説』を何となく思わせないだろうか）。しかし、リルケはそうであるが故に「美しい生」があれば「美しい死」もあらねばならぬと考えたのである。この「美しい死」とは「美しい生」を体験して死を迎えた者の死である。「美しい生」とは言うまでもなく、「自己実現を果たした生」である。この「美しい死」のイメージをミュゾットで『悲歌』の中に呼び戻す必要があった。残念ながらベルクでのC・W伯の亡霊は彼に悪しきイメージしか与えなかったが、一方、ヴァレリーの『海辺の墓地』は混沌とした彼の死のイメージをより凝り固まらせるのに大いに役に立ったのであろう。一九二一年十二月二十九日、ルー・アンドレアス＝サロメに送った熱く語る手紙からもそのことは推察出来る(14)(20)。

しかし、もっと「美しい死」、その願いの「美しい死」に偶然出会えたのである。

ゲルトルート・ウーカマ・クノープ夫人が一九二二年一月初めに娘のヴェラの発病から死に至るまでの手記を送って来た。一寸時間軸が後先になるが、説明の都合上、時間を早回しにしてヴェラとは何者かをリルケの口から語ってもらおう。一九二三年四月十二日にリルケはジッツオ・ノリス・クルイ伯爵夫人に次のようにヴェラを紹介する(17)。

「……私が間違っていなければ、そのことについても既にお話したことと思いますが、奇妙な『オルフォイスへのソネット』は用意されていたわけでも、待望されていた作品でもなかったという事実については話したと思いますが。これらは最も不意打ちの形で湧き上がったのです、一日で（この作品の第一部は三日ほどで書き上げました）幾つもが頻々と浮かんだのです、昨年の二月のことですが、ほかの作品つまりは大作『ドゥイノの悲歌』のことですが、このことの完成に集中したいとむしろ思っていた時だったのです。純粋な従順さを以って内部の衝撃に応ずるほかなかったのです。その上、これらの詩句が十八か十九で死んだ若いヴェラ・

クノープ、私は殆ど知らないのです、私の生涯では彼女がまだ子供だった頃に一度か二度しか会ったことのない（注意と称賛を以って、それは確かです）この若い娘の姿と徐々につながって行くのを会得するしかなかったのです。私はこのように彼女に心を向けようとしたわけではなかったのでしょうが（第二部の最初の数詩を除いて、全てのソネットは書かれた時の順序をそのまま尊重しております）、それぞれの部の最後の前の詩のみ、はっきりとヴェラに関わっております、つまり彼女に捧げたもの、あるいは彼女を髣髴とさせるものになってしまいました……」とある。

その後、リルケはヴェラが美しい娘で、ダンスをやって人々を感動させていたが、突然病魔に襲われ、ダンスが不可能になり、仕方なく音楽に没頭し、その後絵を描いていたが、それも出来なくなって、やがて死を迎えたことを書いている。このヴェラの物語が、リルケの霊感を呼び戻し、『オルフォイスへのソネット』と『ドゥイノの悲歌』をあっという間に完成させたのである。リルケは第一部の第二のソネットでこう歌い始める。

そして　ほとんど一人の乙女であった
歌と琴が一つになった幸せの中から現れた
そして　春のベールを透かして明るく輝き
私の耳の中に臥所《ふしど》を作った

そして　私の中で眠った　そして　全ては彼女の眠りだった
私がかつて讃嘆していた木々も　この
遠くに感じられるものも　表情豊かな牧場も
そして　私自身に襲って来た全ての驚きも

彼女は世界を眠っていた　歌う神よ　何とお前は
彼女を完成したのだ　彼女は望まなかった
第一に　目覚めていることを　見ろ　彼女は生まれて眠ったのだ

何処に彼女の死があるのだろうか？　おお　このモチーフ
お前はこれをまだ作り出せるだろうか　お前の歌が消えてなくならないうちに？……
彼女は私から何処へ沈んで行くのか？　一人の乙女　殆ど……

ここでは《一人の乙女》というが、この《乙女》とは、リルケは何も言ってはいないが、ヴェラのことであることは明白である。何故なら《歌》《琴》《眠り》はヴェラの象徴であるからだ。ヴェラは歌と踊りに自分の生を見て、そのまま死を迎えた。それは我々にとってとても悲しいことだが、リルケは眠っただけという、しかも、初めから眠っていたという。ここに、リルケの「生死一如」の思想があるのだろうし、その思想を謳わさせてくれたのがヴェラなのである。

正しく「美しい生」と「美しい死」が同時進行する。「生」と「死」は境界がないのである。ヴェラだけでなく、人間全てにもである。ただ、問題は「美しい」か「醜い」かである。C・W伯は共に「醜いもの」であったが故に、『悲歌』の霊感は戻って来なかったのである。

「生死一如」はリルケのライトモチーフである。そして、『悲歌』は完成して行く。『第十の悲歌』は生から死へと歌う。それを少しだけ覗いてみよう。先ず冒頭はドゥイノで書き始められた。この部分は既に第三章で紹介したが、再掲しよう。

「私はいつか恐るべき認識の終わりに当たって
賛同してくれる天使に　歓喜と称賛の思いを高らかに歌えんことを
……
……我々　悲痛を浪費する者よ
悲しさの続く中で　終焉がやがて来ることを予想する
しかし　悲しさは　正しく冬の　青き茂み
緑の蔦草なのだ
それは秘められた年の季節の一つである——季節であるばかりか——
場所　集落　寝床　耕作地　棲家なのだ
……」

これは死の世界への入口である。そして、やがて死者は死という《嘆きの国》に案内される。
リルケは《嘆きの国》の様子を美しく歌い『悲歌』を締め括る。

「……しかしながら死者は歩み続けなければならない　黙って
古参の嘆きは死者を谷の入り口の扉の所まで案内する
そこには　月の光に輝いて
喜びの泉が流れ出ている　嘆きは
畏敬に満ちて　名付けて言う《人間界では
これが喜びを運ぶ大河になるのです》

二人は山の麓で立ち止まり
そこで嘆きは泣きながら死者を抱いてやる

そこから死者は　独りで原苦の山への道を辿るが
やがて　足音さえも　音のない身の上からは響かなくなる

しかし　無限の死に至った者たちが　もし我々に一つの象徴を芽生えさせるなら
見ろ　彼らは多分　枯れたハシバミの枝に下がる

花序を指さすであろうか　あるいは
春の黒い王国の土に　落ちる雨を指すかもしれぬ
そして我々のうち　上る幸福に思いを馳せるものは
殆ど狼狽させるほどの
感動を覚えるであろう
降り来る幸福のあることを知る時には」

と『ドゥイノの悲歌』は閉じられるのである。《上る幸福》とは生への賛歌、そう歌えるのは死という《降り来る幸福》のあることを知ればこそなのだという。嘆きの国の案内嬢は死者を嘆きの国の門前まで案内して、泣きながら別れを告げ、死者を嘆きの国へ送り出す。独り嘆きの国に入った死者は、悲しむどころか、わが生を振り返って幸福感に満たされるのである。この結びの詩句は冒頭の詩句に対応している、冒頭は死を前にしての生での感慨であり、結びは死の世界にいて生を思っての感慨である。いわば、両者はコインの表裏の関係、その両面には同じこと——幸福——が刻印されるべきなのである。正しく「生死一如」であり、死者はいわば窓を通してその生の世界とつながっている。この思いが死の直前に完成したメルリーヌとの共作とも言える小詩集『窓』へと発展したのであろう。

　リルケが『悲歌』完成後の一九二二年十二月二十二日、ミュゾットで『生と死』という次のような詩を書いている。これはマックス・ヌッスバウムへの献詩として書かれたものである（1）。リルケの死生観を知る上で重要であろう。

生と死

生と死——核において一つなり
己が幹より己を理解する者は
己が身を自ら搾りてぶどう酒の滴となして
純粋無垢の炎の中に己が身を自ら投ず

と。更に一九二五年十一月十三日、リルケはポーランドの著述家で『悲歌』の翻訳家のヴィットルト・フォン・フレヴィッツに彼の質問に答える傍ら、『悲歌』の様々な課題について、次のように説明している（17）（20）。例えば「生と死」については、

「……『悲歌』の中では、生の肯定と死のそれとが一つのものとしか、示されていないのです。他方を除外して一方だけを承認することは、ここではそのようなことがもてはやされていますが、結局のところ、本来無限である筈のものを拒否しようとする制限的な考え方です。死とは我々からそむけた、我々からは光の差さない生の側面です——我々はこの二つの無尽蔵から生み出され、二つの無制限の範囲にある我々の現存在を最大限の意識を以って実現するよう努力

しなければならないのです……生の本来の姿はこの二つの領域に横たわり、最高の循環を果たす血液がこの二つの中を通ることです。此岸も彼岸もないのです、あるのは大きな単一体だけで、そこには我々を凌駕する《天使》というものが住まっているのです……」とある。

「生と死」は別々のものではなく一体化している《単一体》に属しているという。では何故、両者の間には仕切りがあるのであろうか？「死ぬこと」によって生が完結するのである。「死ぬこと」は《現存在を最大限の意識を以って実現させる》ために必要なのである。「死ぬこと」によって新たに「死」の世界が生まれる。と言ってこの死は生とは別のものではない。所謂、彼岸というものが此岸に対してあるのではない。生と死が等質な調和のとれた同じ《単一体》に属しているということは、逆に言えば生の世界しか存在しないのである。また、生と死が同じ《単一体》に属しているということは、死はもはや新たに己が生を離れて、自在に成長することは出来ないが、次に述べるように《見えないものへ変容させる》ことによって、己が生を永遠に存在させることが出来るのである。つまりは、《此岸も彼岸もない》とは「自分の体験した生」と別の世界があるのではなく、自分の「生」の鏡像として「死」があるということである。

更にリルケは《だから、限られた時間の中でこの世の全ての状態を利用するだけでなく、我々の関与している優れた良心の中でそれらを統合する必要がある。しかし、キリスト教的な意味ではない（私は依然としてより情熱的にキリスト教的観念から遠ざかっている）、純粋に地上的、深遠なほどに地上的、晴れ晴れと地上的な意識を以って、我々の触れる全て、我々がより広い、いや最も広い視野の中でこの地上で見る全てを統合することが肝要である》と説く。こうすることによって『第十の悲歌』の冒頭部分が歓喜の内に迎えられるのである。これがリルケのこの世の生に対する結論なのである。

ところで、《天使》とは何か？　リルケは次のようにフレヴィッツに説明する。

「……『悲歌』の《天使》はキリスト教の天上の天使と何ら関係がないのです（むしろイスラムの天使の姿に似ているでしょう）……『悲歌』の天使は我々が果たしつつある目に見えるものから目に見えないものへの変容が既に完成されていると思われるところに住む被造物なのです。『悲歌』の天使にとって、過去の全ての塔、宮殿は存在するのです、何故なら、長いこと見えなくなっていたからです、そして、我々にとっては物体として存在し続けているにも拘らず、『悲歌』の天使には我々の現存在の中で立っている塔や橋も既に見えないものになっているのです。『悲歌』の天使は見えないものの実現を最高度に保証する存在です。ですから、愛し、変容する見えるものに尚執着している我々には恐ろしい存在です――宇宙の全ての世界は次のより奥深い現実への段階となる目に見えないものの中へ沈みこむのです――幾つかの星は速やかに称賛し合い、そして天使の無限の意識の中で消えて行く――ほかのものはゆっくりとそして骨を折って変容して行く人間の手に委ねられるのです、そして、恐怖と恍惚の中で、次なる状態、つまり目に見えないものの実現を果たすのです。我々は存在してます、もう一度このことを強調しなければなりません、悲歌の意味において、我々は存在してますことを。地上の変容者、全ての我々の現存在、我々の愛の飛翔と墜落、この全てが我々のこの変容の事業に資格を持っているのです……」と。

天使は審判者ではなく、見えない世界に君臨する偉大な目標に過ぎない。生の中でこの完全無欠な存在である天使に近付く——『悲歌』の中の表現では《上昇》《上る》《ほとばしる》ことによって生の充実を目指し純粋に生きた——「純粋に生きる」とは《英雄》のように《ヴェラ》のように生きることである——そのように純粋に生きたなら、臨終で天使が微笑んでくれるのである。繰り返しになるが、だからと言って甘味な死の世界（彼岸）があるのではない。「死」は「生の見えない側面」に過ぎない。「生死一如」である。しかし、天使は何の助けもしてくれない。全ては自己責任である。勿論、不完全な人間が天使になれるわけがない。しかし、《目に見えないものへの変容》によって、我々は《過去の塔》のように永遠に《存在する》のである。

こうやって『ドゥイノの悲歌』は完成した。リルケは早速タクシス侯爵夫人に報告する。有名な手紙である（20）（13）。一九二二年二月十一日、夜のことである。

「ついに

侯爵夫人

ついに、祝福された日が、何と

祝福された日が、あなた様にこの完結を——私の見る限りでは——

悲歌の完結をお示し出来る日が

十巻です！　……」と始まり、

「……『ドゥイノの悲歌』と呼ばれましょう
この本には献辞を付けません（と申しますのは、初めからあなた様に属していたものですのであなた様に捧げることは出来ませんから）、その代り、私は
……の所有からとします……」と。
これによって題名の由来と献辞を付けない理由が分かるのである。確かに、タクシス侯爵夫人の庇護がなければ生まれて来なかったのだから、このような配慮は当然である。
そして同じ日にリルケはルー・アンドレアス＝サロメにも手紙(20)(14)を書いている。
「ルー、愛するルー、かくて
この瞬間、土曜日の、二月十一日六時に私はペンを擱きます、十巻の最後の完成された悲歌を書き終えました……
考えても見て下さい！ ここまで耐え抜くことが出来ました。全てに。奇跡です。恩寵です。全ては一両日で出来ました。かつてのドゥイノにおけるようにひとつの颶風《ぐふう》でした。私の中の織維であり、織物であり、骨組みであった全てのものがばりっと折れて互いに曲がってしまいました。食事のことなど考えられませんでした……」と。
何と息を弾ませていることか。リルケを詩人たらしめた恩人への報告と言えば当然かもしれないが、それにしても、ドゥイノにもミュゾットにも縁の薄い彼女にこんなに嬉々として報告するとはその絆の強さを今更ながら感じる。この強い思いは臨終まで続く。この後、『悲歌』に先立って『オルフォイスへのソネット』が出来たこと、その霊感の中でロシア旅行で出会っ

た白い馬が現れたことなどが書かれている。そして更に、サロメには十九日（日曜日）にも『第五の悲歌』が新しく誕生したことを報告している(14)。

メルリーヌには二月九日に次のように報告した(3)。しかし、『悲歌』という作品が完成したと言えなかったのはベルクでの気まずい思いがちらっと過ぎったからだろうか。二月九日とは誰よりも早い。そのことを真っ先にメルリーヌへ報せた。やはり、リルケはメルリーヌの献身に心から感謝していたのである。その後『第十の悲歌』の一部を書き改めて侯爵夫人へ報告した。しかし、更に二月十四日には新しい『第五の悲歌』が生まれ、前のものと差し替えられた。この『第五の悲歌』（別名『軽業師の悲歌』）はリルケがかつて長逗留したヘルタ・ケーニッヒ夫人宅の居間に掲げられていたピカソの『軽業師の一族』の絵に大きく影響を受けたことから、彼女に捧げられている(22)。

「メルリーヌ、僕は救われた！

僕の一番の重荷になり、苦しめていたものが終わった、しかも、天晴れに、と思う。数日しか掛からなかった——かつて、こんな心と精神の颶風を味方に付けたことはなかった。なお震えている——今夜は気を失うかと思った——でも、ほら、僕は勝った……そして、今さっき月の光に照らされたこの古いミュゾットを慈しむため外に出た。

今から静かな、冷静な、普段通りの、確実な仕事が始まる——誰にとっても強過ぎる神々しい嵐の後には、凪のように思われるでしょう……

もうこれ以上書けないよ。でも、このよい知らせを受け取っただけでもう十分でしょう。お便り頂戴、愛しい人——愛しい、愛しい友……

ルネ」と。

この時、同時にヴァレリーの『魂と舞踏』のコピーを同封している。この手紙に対してメルリーヌは二十日に返事を書いている(2)が、リルケの告白に対してメルリーヌは戸惑いを感じたようだ。どう答えればよいのか、「霊感の嵐」に襲われたと言われても、具体的には分からない——『悲歌』が仕上がったであろうことは勿論察しがついたが、『悲歌』とはメルリーヌもリルケ同様口に出せなかった。そして、ミュゾットで『悲歌』が完成したことに少しおもはゆい思いもしたのであろう。

「……あなたに答えるの難しいわ——私もっと前にそれを作っておくべきだったのでしょうね、そうすればもっと易しかったでしょう。あなたの読みながら、その逆だったら私苦しみみたいなこと言ってたわ——両手で頭を抱える《巣》の形を作るわと言ったわ——でも、今はもうそのこと言えないわ——私満足よ、あなたがご自分で書かれたことにご満足でしたら私とても満足よ。そのことあなたに感謝するわ——あなたは私から重過ぎるほどの重しを取って下さったわ、優しく、遅れることもなくね……」と(2)。

この冒頭の部分がリルケの手紙の冒頭部分に対する答えなのであろう。メルリーヌはこの返事に幾つかのことを託したかったように思える。先ずは、もっと前にミュゾットを世話して上げていたら、リルケの苦痛はもっと和らげられていたかもしれないという気持ちと世話出来た甲斐があったとの満足感、更に言えば、もし、ミュゾットを世話する前にリルケが霊感に襲われて成し遂げてしまっていたら、自分の役目を果たせなかったのだから、後悔したであろうと言うのであろう。しかし、何はともあれ、リルケが待望のものを成し遂げたらしいということで満足と言う。メルリーヌの屈折した心が滲み出ている文面である。彼女の願望は常にリルケと共にいることで、もしそうなら、リルケの希望に添えるよう常に努力出来るのに、別れていると同時に自分の生活や健康問題で思うに任せぬことへの苛立ちでもあろうか。しかし、リルケはメルリーヌには『悲歌』の内容に少しも触れていない。タクシス侯爵夫人への遠慮があったとも思われるが——何故なら、リルケは『悲歌』をタクシス侯爵夫人の所有と初めから決めていたのだから、メルリーヌに所有者の許しを得ずして話すわけには行かなかったのである——もしそうならメルリーヌが少し気の毒にも思える。しかし、メルリーヌ自身はそれほどリルケの作品には興味がなかったのか、あるいは強いて干渉しなかったのか、その点を追及することはなかった。もしかして、ベルクでの気まずいやり取りが未だ尾を引いていたのかもしれない。あれほどリルケが真顔になってメルリーヌに迫ったのだから、余り触れたくなかったのであろう。蒸し返すのを恐れた。メルリーヌにはとに角リルケのために役目を果したという満足感は残った。そして、二人は多分、『悲歌』について再び話題にしたくなかったのであろう。リルケがわざわざヴァレリーの作品の写しを取ってこの時期に彼女に送ったこと、しかも、メルリーヌがそのヴァレリーの作品についてはコメントしていることは、二人の間で『悲歌』は話題にしないという何か暗黙の了解——気まずい思いを蒸し返さないという——があったようにも思える。勿論二人とも内心では喜びを共有していた。

次章で触れる積りでいるが、リルケはジッドにも『悲歌』のことについて余り触れていない。やはり、タクシス侯爵夫人への遠慮があったのだろうか。しかし、理由がそれだけだったとばかりは言えそうにもない。リルケの頭の中には『ドゥイノの悲歌』がフランス人、フランス文化の土壌に合わないかもと危惧していたのかもしれない。勿論、言語の問題が横たわっていた。その後、リルケはフランス語で詩を書き、最初の詩集『果樹園』をフランスで出版してジッドへ贈っている。その内容は、後に触れるが軽々しく明るい雰囲気を持っていて、『悲歌』とは対照的である。正しく、リルケがメルリーヌに話したように《神々しい嵐の後には、凪のように思われる》軽やかな詩集である。

七、ジッドとピエール（一九二二年四月―）

ルネ・ランクによれば(8)、リルケは亡くなるまでの十六年ほどをアンドレ・ジッドと親交を結び、その間合わせて七十八通の書簡を交わしたとある。尤も、第一次世界大戦間の一九一四年から一九二〇年の六年間には書簡の交換はなされていないから、この七十八通という数はむしろ驚きである。しかし、大戦中も既に第一章で触れたようにリルケのパリに残された私有物の奪還のためツヴァイク、ロマン・ロラン、ジッドが連携して事に当たっていたから、二人の友情が途切れていたわけではなかった。ドイツとフランスの文学に携わる二人がこのように長く親密に友情を交わしたことは特筆に値しよう。ここでは二人の資質の違い、文学観などに触れる積りはない。そのことは既にルネ・ランクによって明らかにされているからである。しかし、二人の友情の発端がどうであったのかは興味がある。

その発端についてルネ・ランクは次のように述べている(8)。

「……何時リルケはジッドと知り合うようになったのか？　先ず文学的な邂逅と個人的な邂逅とを区別する必要がある。一つ目については我々はリルケの出版者、アントン・キッペンベルクへ宛てた手紙に貴重な出発点をもっている――リルケは『放蕩息子の帰還』のドイツ語訳を一九〇七年に読んで直ちに感動したと書いている。しかし、二つ目については我々は正確さを欠く。リルケアルヒーヴによれば、二人の文学者は一九一〇年に会っている。この年に我々の往復書簡集は始まる……」と。

このキッペンベルク宛の手紙と言うのは一九一三年十一月二十二日付のものである。この手紙の中でクルト・ジンガー訳の『放蕩息子の帰還』は当時（一九〇七年）は原著を読んでいなかったので、感心したが、オリジナルを読むと、ジッドの詩的リズムが平板に訳されていて不満があると述べている。リルケが自らこれの翻訳を考えたのは随分前のことらしい。一九一三年の三月八日のジッドの手紙には「あなたの仕事に便宜を与えられれば嬉しい」とあるのは、この翻訳のことだろうとルネ・ランクは注釈しているし、更に、キッペンベルク夫妻が十一月十七日から二十日に掛けてパリに滞在していた時に、リルケとの間でこの話が出たのであろうとも注釈している。

リルケがジッドの作品を大いに評価していたことはリルケ・ジッド往復書簡集の随所にうかがえるが、一九〇九年十一月二十八日、リルケは知己のデンマーク人批評家ジョルジュ・ブランデスにジッドの『狭き門』を称賛する手紙を送っているから、その頃既にリルケはジッドの作品に惚れ込んでいたのであろう。その理由は何となく理解出来る。ジッドのアリサの愛が、書き終えようとしていた『マルテ』の中で称賛しようとしていた過去の愛の女性たちの所有しない愛と親戚関係にあるように思えたからであろう。リルケは『マルテの手記』が完成すると直ぐにジッドに贈った。一九一〇年九月六日のことである。これが二人の文通の始まりである。

ジッドはこの『手記』に感動した。ルネ・ランクの説明（8）ではその理由について、「……ジッドが『マルテの手記』を受け取った時、彼は長いこと、ドイツの理想主義と彼らの初期の象徴主義の大家たちを見放していた。現実の先にある世界に属する幽霊や前兆や恐怖に満ちたこの本が彼を誘惑することが出来るとは、そして完成したばかりのこの読み物を駐仏大使に引き立てようとはこの時人は考えたであろうか？　フランスや外国の批評家は『地の糧』（一八九七年）と『マルテ』との間には、祖国との断絶、帰休、困窮、自然と事物との強固なコミュニケーションといったテーマに対して疑いのない相似関係があると主張した。しかし、『糧』が全く官能的な略奪の中で、視覚的で現実的な驚異の輝く結構の中で明言していたものを『手記』は死後の世界、苦悶の地獄、死の惨めさを強迫観念の中で追及しているのである。しかるにジッドは単に価値を感じただけでなく（旅した時別の道を経るように）発掘する鑑眼を持っていたのである。自分の意見に従う、あるいは従おうと思うところに嫌々ながらも留まろうとするリルケとは反対に、ジッドは自分と違う、あるいは自分の仲間と違うものによってとりわけ刺激されたいと感じたのである。ジッドがフランスに彼を紹介しようと決意させたことを説明することが出来るのは——リルケの作品の詩的な異議を挟まないほどの価値のほかに——むしろラテン的価値に反していること、神秘や陰鬱をもたらしているノルディックな雰囲気ではなかったのだろうか？」とある。

ジッドは早速、ルクセンブルクの女友達で独仏両語に通じているマイリシュ・ド・サントゥーベル夫人の協力を得て、『マルテ』のフランス語への抄訳を《新フランス評論》の一九一一年七月一日号に載せた。このことがリルケに感激をもたらしたことは言うまでもない。ドイツのしがない文筆家をジッドはリルケの最も敬愛するフランス文化の仲間に入れてくれたとリルケは感じたのであろう。この恩義がリルケを長年ジッドへ結びつける結果となった。そして注目すべきはリルケもこの恩人の作品をドイツに何としても紹介しなければならないと思ったことである。それがジッドの『放蕩息子の帰還』の独訳に駆り立てた。こうしてリルケは早速キッペンベルクへ手紙を送ったのである。リルケとジッドはこの件に関して細部の打ち合わせを行って、一九一四年の二月に独訳を完了して原稿をキッペンベルクに送った。リルケの翻訳については『リルケ全集』《翻訳編》(21)に載っているが、その出版は一九一四年六月、インゼル文庫に収められたという。これはリルケによる唯一のジッドの翻訳ものである。ジッドはこのリルケの翻訳に感激して——と言うのはこれによってジッドがドイツへ紹介されたのである——今度は自分がリルケの作品を翻訳する番だと、リルケの『旗手クリストフ・リルケの愛と死の歌』の仏訳を提案した。しかし、この試みは失敗した。ジッドが翻訳を辞退したからである。その理由の真相は分からない。独仏両文化の違いなのか、言語的な問題なのか、あるいは第一次世界大戦直前の社会的雰囲気を考慮したのか、ジッド自身は翻訳不能と断じただけである。勿論このことによって二人の友情にひびが入ったわけではないが、リルケが衝撃を受けたであろうことは想像出来よう。ルネ・ランク(8)はその後、リルケがミュゾットの館に定住してからのこととして、

「……一九二一年十二月十九日——リルケは既にミュゾットの塔に定住していた、荒々しくも

甘味な塔の孤独が傑作の予感のために彼を引き留めていた――ジッドは『地の糧』がリルケによって翻訳されるのを見ることをいつもながら希望していると友人に伝えて来た――《そうです、あえてあなたには言わなかったのですが、長いこと私はそのことをあなたに予約しているんです……そして、あなたのものと違う翻訳は私には残念としか思えない一時しのぎのものに過ぎないんです》と。リルケの返事は、恐らく情愛に満ちたものではあったのだろうが、『地の糧』の翻訳について、ジッドが『旗手』にかつて形容した同じ言葉《翻訳不能》という形容詞を使った。しかし、この手紙を遺恨の仕草のように解釈するのは間違いだろう。ジッドはリルケの友情、理解力を当てに出来ること、そして、リルケの浸透能力（perméabilité=Einfühlungsvermögen）（訳者注：人の心に分け入って考えることの出来る能力ということ）が決定的に自分より優れていることを知っていた。加えるに、著作の強烈な抒情的性質がドイツの詩人にとって優秀な資質となっているように思われたのである。リルケがそれはそうとして回避したとしても、次のフレーズに主要な動機を求めなければならない――《……この数年の不快な中断の後、二つの重要な作品に全ての力を関連付けるよう何もかもが私を強いるのです……》と」と評している。

つまりは『悲歌』と『ミケランジェロかヴァレリーの詩の翻訳』――とルネ・ランク（8）は推量しているが――が頭から離れなかったのである。この手紙は一九二一年十二月二十三日にジッド宛に書かれたものである。恐らく、ジッドの翻訳どころでなかったことは十二分に理解出来よう。ジッドはこれが『旗手』の意趣返しだとは受け取らなかったのかもしれないが、大きなショックを受けたことは間違いなかろう。それ以来ジッドは自らリルケに返事を書こうとはしなかった。ジッドはリルケから何か言って来るのを待つことにしたのであろう。リルケの方もジッドの心の内を読んだかもしれない。彼も気まずい思いでジッドからの手紙を秘かに望んでいたであろうから、自ら誇らしい筈の『悲歌』の完成をジッドには知らせなかった。勿論、リルケはこの『悲歌』がジッドには直ぐには理解してもらえないかもしれないという恐れはあったが、それにしても何かは便りをしたいと思い続けていたであろう。そして、ついに何ヶ月も便りのないことにリルケは痺れを切らして、一九二二年四月十九日、ジッドに少し場違いのことを書いた。(8)。四ヶ月も経っていた。

「親愛なるジッドさん、

あなたのお便り頂けなくなってから随分経ったように思います、でも、正直申して、仕事にかまけて時間のことはすっかり忘れていました、そして、ついにここ数ヶ月でこのヴァレーの変わらぬ孤独のお蔭で決定的な歩みを進めることが出来ました。

お手紙とするほどではないちょっとした一言を――あなたにお耳に入れておこうと思いまして、実は私の友人の一人がパリに着いたところなのです。申し上げるまでもないことですが、非常に確かな感覚の持ち主、特に魅惑的な描写力を持つ美術評論家のクロソウスキーです。大戦までずっとパリに住んでいたこと恐らく思い出されるでしょう……

彼が戻って行くのは今度が初めてです、彼の信頼出来る友人ジャン・ストロール教授(チューリッヒ大学の動物学者として知られてます)と一緒です、アルザス人で、私自身も彼を私の最も献身的な友人の中に数えております。ストロール氏はこの最初の帰還を出来る限りクロソウスキーの許で過ごすよう努めることになります……今回はほんの短い滞在に過ぎませんが、ストロール氏から聞いたところによれば、クロソウスキーは自分の上の息子（ピエールですが、十七になると思います）に《ヴィユー・コロンビエ座》のもう一つの企業体と一緒になった学校にいつか入学させる準備が出来ればと希望しているようです。このことは恐らく、二人があなたのご意見を聞きたく、ご助言を求めにあなたにアプローチして来ることに関係していると思います――ジッドさん、この手紙があなたの扉を彼らに開かれることを願います。

　私は大好きですが、クロソウスキーの二人の子供は極めて才能に恵まれ、二人とも、――彼らはパリに生まれ育ち、父は彼らにラテンの教育を続けさせるため全力を投じたのです。去年までジュネーヴで学校教育を受けていましたが、ちょっと前から為替の障害のためB（訳者注：ベルリン）へ子供たちを遠ざけていました。そこは全くと言ってよいほど彼らの居場所ではありません……非常に古いポーランドの家系の出で、その内の一つはかつてブレスラウに定着しました、エーリッヒ・クロソウスキーは若い時から、パリに執着し、そこで美術について彼の信念と称賛の全てを展開して来ました――私には分かります、彼が出来れば子供たちにはせめて、世界の崩壊さえなければ彼自身死ぬまで留まることの出来たであろうそのような土地を保証してやりたいと思っているのが……

　ところで、もし彼が来ましたら、親愛なるジッドさん、この詰まらぬ意見書があなたが彼にしてやれる善いことを殆ど余すところなく示しています――あなたしかいないんです。

あなたに情愛を込め友情を感じる

リルケ

追伸：ストロール氏とはつい最近会って、私のミュゾットを知ってますので私の近況を伝えてくれると思います」と。

これは面白い手紙である。気まずい思いについてはあっさりと通り過ぎて（ストロール氏に下駄を預けた）、本題に入った。従来のリルケだったら、自分の作品について先ず話すであろうのに、いきなり頼みごとを述べている。当然と言えば当然ではあるが、両親が離婚しているとはいえ、エーリッヒはピエールの父であるのだから、まず父親が出向くべきだと、エーリッヒの尻を押したのである。実際はリルケがジッドに直接頼めばもっとスムーズに行くようでも親の顔を立てたのであろう。あるいは、責任の所在をはっきり父親に自覚させたとも言える。言うまでもないことであろうが、ピエールとは第三章で紹介したメルリーヌの長男のことである。

この手紙にある《ヴィユー・コロンビエ座》とは一九一三年にジッドの友人のジャック・コポーが古い芝居小屋を買い取り新しく始めた舞台である。後のコメディー・フランセーズの第二劇場となった。その俳優たちを養成するために付属の学校が設立されたのである。二十歳以下の若い男女に高度の舞台技術と高い文学的素養を身に着けさせることの出来る当時の名門校であった。ここに入学して成績が優秀なら、ヴィユー・コロンビエ座に出演出来るのだから、入学は易しくはなかっただろう。ピエールのためリルケはジッドのチャンネルを遺憾なく利用したのである。勿論、ジッドに異論のある筈はない。四月二十五日の返事には、折よく、ヴィユー・コロンビエ座の次の出し物にはジッドの『サウル』が予定されており、実はその稽古準備のためフォンテンブローでコポーに会っていた。だから、ピエールのことは今後容易にコポーに話が出来るし、ピエールの入学は難しくなかろうと書いている。ジッドはリルケへの返事の半分をピエールのことで満たした後、追伸で遠慮しいしいリルケの近作について尋ねている。フォンテンブローで過ごしていたため、ストロール氏に会えなかったからである。

リルケは五月十五日になって始めて、ジッドへの礼状を書いている(8)。冒頭に、「あなたのお手紙（四月二十五日付）をもう一度見て始めて、あなたの心強い速やかなご親切に未だ感謝申し上げていなかった自分の非を責めることになりました。……」とある。

リルケらしい回りくどい表現である。この遅れの理由について、ミュゾットの購入のためスイスの友人（ヴェルナー・ラインハルト）がミュゾットに来ていたためと釈明している。それは確かではある。所有者からミュゾットの館を売りたいとの話が出て、折角落ち着いた隠れ家を出て、宿無し暮らしをまた始めることになるかと、リルケの心が沈んでいたことは分かる。十九日にピエールのことでジッドへ手紙を書いた（エーリッヒのパリ行きに合わせて書かざるを得なかった）が、その頃はミュゾットの行方が一番心配な時期であった。リルケはナニーに同じ日に手紙を書いた(15)。関係するところだけ抜粋すれば、

「……考えても見て下さい、どんな競合になるのか——彼が掴むことになるだろう決定によって実際には一撃の下に満期になってしまうのです。ジュネーヴの一人のブードゥリ或いはブ

ドゥリ氏が競争者として申し出たのです、落札出来ると思われる掛け値で以って……当然委細は待たねばなりませんが、勿論、ヴェルナーには優先権はあります……」と。《満期》とは追い出されるということである。だから、真剣である。ヴェルナーに直ぐ来てくれるよう求めた。結局、ヴェルナー・ラインハルトが一九二二年五月九日にミュゾットの館を購入した。

しかし、それだけでもなさそうである。ジッドの手紙の半分には、《アントゥルチアン・ポントィニ》なる結社の会合について書かれているが、ジッドに会えることは勿論楽しいことではあっても、リルケはもともとこの結社には興味がなかった（設立当初の一九一〇年のリルケの手紙に既に言及されているが、リルケは生涯これに加わることはなかった）。この結社の会合を蒸し返されたのに嫌気が差して返事を遅らせたことも考えられる。そして、本気かどうかは分からないが、多分ジッドを慰めるための小細工であったのだろうか、六月にパリへ出来たら行きたいような行けそうなことを書いている。しかし、これは三年も先になってやっと実現したのである。そして、ミュゾットに関して、ここでやっとドゥイノで始めた『悲歌』が完成したことを述べて、ラインハルトに感謝の意を伝えている。リルケがミュゾットでは『悲歌』を中心に回っていることを如実に示しているのである。『悲歌』のためなら、メルリーヌよりタクシス侯爵夫人、ジッドよりラインハルトという構図なのであろう。リルケは五月十一日にメルリーヌへ手紙を書いた(2)。ここにも、ミュゾットがヴェルナー・ラインハルトの所有になったことを嬉々として伝えている。

ジッドという人はリルケに比べて裏のない本当に真っ正直な人だったのだろう。リルケのパリ行きの話を読んですぐに都合の良い日を六月二日に伝えた。『サウル』の上演があるからである。そして、《結社》の会合で会える楽しみにも触れている。リルケは八月まで沈黙を守った。代りにこの間リルケは忙しかった。一つはタクシス侯爵夫人にミュゾットに来てもらい、『悲歌』の朗読を聞いてもらいたかったのである。実際彼女は六月六日の夜にシエールに着いた。翌朝リルケはホテル・ベルヴューへ迎えに行き、ミュゾットで『悲歌』を朗読した。翌々日はホテルで『ソネット』を朗読した。侯爵夫人はその後、孫に会うためロルへと立った。タクシス侯爵夫人の仕事を終えると今度はメルリーヌである。

タクシス侯爵夫人という肩の荷が下りたので、リルケは一ケ月ぶりに六月十二日になって、メルリーヌに手紙を書いた(2)。角を出してるメルリーヌの心中に恐る恐る触れるようにねちねちと始めた。

「メルリーヌ、こんな晴れ晴れした君の手紙を読むのは何ほど以来初めてだよ——封筒はもう君の一幅の水彩画のようだった——短い手紙について言えば、この全行程をひと羽ばたきで飛び越えて来たみたいだ！」と機嫌を取るように書き出し、

「……今、分かってくれたら、再会出来る日がどんなにか甘味なものになるだろう、愛しい愛しい人——僕の心について今まで全く話してないとしても、それは、仕事の間中も、とても強力に激励してくれた神の手から滑り落ちてからも、僕が自分の心をずっとの間顧みようとしなかったからなんだ……」と言い訳を言う。そして、同情を買うようにもに聞こえるが、リルケ

らしい勧誘の文言を連ねた。

「……僕は尚二週間ほど《ベルヴュー》にいる――僕はずっと前からフリーダに休暇を少し約束していたが、ついに同意したのだ。というのは、もう既に、ここで（ほかの至る所でも）猛威を振るっている暑さをしのぐ手立てが彼女には何もないから。僕はこのヴァレーの夏の全期間を耐えられるのか確かではない、何処かで、暑さをちょっと避けることをしなくては。でも、具体的なことはまだ何も決めてない」と。

この誘いに乗ってメルリーヌはミュゾットへやって来て長期滞在する。この間にはキッペンベルク夫妻もやって来た。一方、ピエールのパリ行きに対しても、リルケはネルケ夫人にピエールを書生として預かってくれるように頼んだが、ドイツの経済状況は厳しく、ピエールのパリ行きは困難を極めた。

リルケのジッド宛て十一月三日付の手紙（8）にはバルチュスがメルリーヌとスイスにいたことが書かれている。一方ピエールについては、

「……我々は上の方の子、B……で萎れてる、ピエールのことを話題にします。ねえ、ジッドさん、あなたのお蔭で、両親も彼自身も、最近大いに活気づけられる実に格別な希望をつなぎ止めることが出来ました。（残念にもローザンヌのヴィユー・コロンビエ座の公演に出向いて喝采を送れなかったことをコポー氏に伝えた言葉に対して）スザンヌ・バン夫人からお手紙を頂きまして、彼女はピエール・Kの計画のことに関しては常に同じ規定を守って来たということを我々に保証したいとのことでした。直ぐに彼を出発させることが出来ないとは何たる残

念、クロソウスキーは多分、その後バン夫人に手紙を書いたでしょう。他人にはない才能で前進出来る道に彼を入れさせることが出来る筈なのにピエールが遅れて始めるとは情けないことです。私自身、とてつもなく才能に恵まれたこの子に約束されたこの機会を奇跡とも思っていますので、あなたのご配慮の有効性と強力さを知っていればこそ、私は一瞬もこの件についてはあなたを煩わすことにちっとも躊躇しないのです――クロソウスキー夫妻からはかくも望まれる実現を準備するために春以来何一つ進められていないことを、特にあなたに申し上げたいのです――しかし、そこには悪循環が無数にあるように困難さがあるのです。

ねえ、ジッドさん、少し内密な点について誤解しないで下さい――それらを描写する自由を私のペンに許可しても、それは、あなたが既に貴重な、そして極めて寛容にして頂いている協力に手を貸している件に更にこの上煩わせようと私が思っているからではないのです。私はただ、両親の無関心と怠慢を思うと、若いKの将来を見ないなんて、間違っているでしょうということをあなたに説明したいのです――これ以上に確かに彼らの心に親密につながっている試みはないし、彼が永久に漏れてしまうのを見れば――彼らにとって真に悲嘆となるでしょう――熱く熱狂しているこの願いの成就しか日夜頭になかったピエールのことを話題にせずには。

私も、幾重もの心配に大いに頭を悩まされ心を奪われて、これ以上あなたにお便りするのを断念していたのですが――でも、予想外の障碍がなければ、あなたは私からもっと本質的な知らせを、全く別の確定的なものを年末までにお聞き出来るでしょう。と言いますのは、私の冬の仕事の結果を印刷中なのですから――流通出来る出版物が出来次第あなたの許へお届け出来る二冊の本（訳者注：『ドウィノの悲歌』と『オルフォイスへのソネット』）のことです」と。

ピエールのことは一筋縄では行かなかった。スザンヌ・バン夫人とはヴィユー・コロンビエ座の女優で、学校ではコポーを補佐する立場にあったから、ピエールの入学には大きな権限を持っていたのであろう。情実によって権威を貶めてはならないとの信念があればこそ、学校の権威が保たれていたのである。リルケはかなり苛々している。ジッドも取材で忙しい上リルケはスイスからの遠隔操作しか出来なかった。クロソウスキー夫妻が消極的であったのは、やはり経済的問題が大きく影響していたのであろう。第一、パリでどうやって生活出来るのか、夫妻には妙案はなかった。それでも、ジッドの更なる努力によって、入学は保証された。一九二二年十二月三十一日付のジッドの手紙（8）にそれが書かれている。

「親愛なるリルケさん、
最新のニュースです――コポーが喜んで例外的に無報酬で、しかも格別の配慮の下に、若いピエールKを彼の学校に受け入れることになるようです。でも、これは照会を受けた後のことでしょうが、彼があなたの言われる月給で安楽に窮状が救われるかどうかは疑わしい。そして、既にヴィユー・コロンビエ学校の非常に優秀な別の生徒が、似たような条件で生活しているのですが、その寄宿舎についても問い合わせて来ています。二週間したらこの寄宿舎に一つ空きが出来るそうです。予約しておきますか？……」と。

しかし、この時は実現しなかった。

そして、紆余曲折を経て、一年後の一九二三年の十一月中ごろ、ピエールは五百フランを懐に入れて単身パリへ赴いた。しかし、その金額ではどうしようもなかった。結局、ヴィユー・コロンビエ学校への入学を断念し、ジッドの秘書をしながら、リセ・ジャンソン・ド・サイへ入学して、勉学に励んだ。

ピエール・クロソウスキーは後、小説家、評論家、翻訳家、画家としての道を歩み続け、多くの優れた業績を残し、日本にも多くの著作が翻訳され紹介されている。二〇〇一年パリで亡くなった。

敗戦によるインフレとマルクの暴落に苦しんでいたドイツ人たちが、ピエールの才能を惜しんで、フランスの友人に働き掛け、フランスの友人もリルケの言葉を信じて、若い才能が開花出来るよう協力し合ったことに大いに感動させられる。このことはピエールの弟のバルチュスにも同様に言えるのである。もしリルケの推奨、そして、それに真摯に応えるジッドの友情がなければ、この兄弟の夢は実現出来なかったであろう。

八、解き放たれて——フランス語詩集（一九二三年—一九二六年）

フランス語詩集のことに触れる前に、『悲歌』完成直後のリルケに一瞥を与えておこう。念願だった『悲歌』が完成された直後に再び霊感の嵐に見舞われ、リルケは二つの重要な作品を書き上げた。一つは二月十五日から二十三日に掛けて書き上げられた(22)『オルフォイスへのソネット』の続きとも言える二十九篇からなる第二部である。第一部は『悲歌』完成への霊感醸成の触媒作用を担ったが、第二部は逆に『悲歌』の触媒作用で急速に生まれ出たものであった。第一部は二十六篇のソネットでまとめられ、リルケ自身の言うように二十五番目にヴェラへの思いを綴り、最後をオルフォイスへの賛歌で締め括った。しかし、『悲歌』の総括篇である『第十の悲歌』では生での充実を謳い、死の世界からそれを振り返り、生死一如を称えて終わった。その完成された姿から見れば『ソネット』第一部はまだ未完であった。死の世界からヴェラのリルケへのメッセージを加えることでリルケの死生観をさらに明確に謳い上げたかったに違いない。第一部と同様に最後から二番目の二十八番のソネットにヴェラへの思いを綴り、二十九番目のソネットでヴェラからのメッセージを次のように伝えた。

いや遠き国の　思い耽る友よ
汝の呼吸が空間をどれほど拡げているのか感じるがいい
悲しい釣鐘掛けの木組みの中で　汝自身を
鳴らさせておくがいい　それこそ汝を食い物にするものが

この栄養分で力を得よう
変容の中で出たり入ったりするがいい
汝の最も苦しい経験は何なのか
汝に苦い飲み物があれば　ぶどう酒にするがいい

過剰から生まれた闇の中で
汝の五感の十字路に立つ魔力となり
不思議な出会いを感じ取るがいい

そして　この世が汝を忘れたら
静かな大地に言うがいい——私はほとばしると
流れの速い水に話すがいい——私は存在していると

このソネットについてのリルケの自注には《ヴェラのある友人に寄せて》とある(22)が、この《いや遠き国の　思い耽る友》とはリルケ自身のことを指しているのは明らかで、ヴェラが死の世界から生の国にいるリルケに呼び掛けたのである。このソネットの前半は「生を十分に味わい尽くせ」というメッセージで、「生の賛歌」である『悲歌』のレジュメと言える。結びは『第十の悲歌』の結びそのものである。《この世が忘れる》とは死であり、《ほとばしる》とは《上る幸福》であり、《流れの速い水》とは「死への下降」、《降り来る幸福》である。その中で《存在している》と言えるためには「見えるもの」を「見えないもの」へ変容させる必要がある。変容によって無常を常住化出来るのである。ヴェラは既にそれを実現している。だからこそ、生者リルケに向かって堂々と助言しているのである。『第十の悲歌』は死者の自らの生への感慨であるのに対して、このソネットでは既に変容を遂げて永遠の存在となっているヴェラから別人のリルケへの忠言である。同一人間の生死の問題ではなく、生と死の普遍的な関わり方を明確にしたものと言える。

しかし、不思議である。ベルクの館ではC・W伯の亡霊が現れたに過ぎなかったのに、ミュゾットへ来てからは間もなくヴェラのような崇高な霊が出現したのである。確かにゲルトルート・ウーカマ・クノープ夫人から送られて来た手記がきっかけになったことは理解出来る。しからば、何故C・W伯ではリルケの霊感を呼び起こすことが出来なかったのか？　このことはドゥイノの居城にまでさかのぼらねばならないのだろう。『ドゥイノの悲歌』の着想を生んだドゥイノの居城には多くの先住者たちの由緒書きと肖像画が飾られていた。彼らは全て満足な生涯を送っていたのであろう。肖像画を見ているうちにリルケはそう感じたのである。ここに彼が生の賛歌を思いついた根拠があると見るべきである。ヴェラは短い生涯を悔やんではいなかった。英雄のようにまっしぐらに突き進んで、彼女らしい自己を実現していた。ここがC・W伯との違いである。ベルクに由緒書きがなかったことは先住者たちがどのような生を全うしていたのかリルケには想像出来なかったのであろう。リルケは死者の辿るべき姿を常識的にしか想像出来なかった結果、あのようにおぞましいとも言える詩集を遺すことになったのであろう。しかも、飾られていた少女の肖像画はリルケの目を避けるように見えた。リルケは先住者たちとの親近感が持てなかった。リルケの死の世界は生の鏡像である。決して生を乗り越えて、成長することはなかった。「生死一如」なのである。ドゥイノの先住者が居城で今なお昔の姿で生き続けている。これが『悲歌』の原点である。ミュゾットでは『悲歌』は『オルフォイスへのソネット』の創作の後に出来上がっている。この点も崇高な霊の助けがなくては『悲歌』は完成出来なかったのであろう。それだけクノープ夫人の手記の影響は偉大であったと言える。『ドゥイノの悲歌』と『オルフォイスへのソネット』と、二種類の詩集が生まれたが、両者はこのように「生の賛歌」という同じ詩想を『悲歌』は自由詩形式で、『オルフォイス』はソネット形式で表現したものと言えないだろうか。

リルケは『悲歌』完成直後に、もう一つ重要な作品を書き上げた。それは『若き労働者の手紙』という散文のフィクションの手紙である。二月十二日から十五日の間に書き上げられた(23)。つまり『悲歌』の完成と『ソネット第二部』との間の作品である。小品とは言え、この世の有り様、人間の生命観について、直截にリルケが語っている極めて重要な作品であると言えるであろう。この作品が『悲歌』完成の直後に書き上げられたことの意味も含めて少しばかり紹介して、その存在意義を考えてみたい。何故なら、この三つの作品――『悲歌』『ソネット』『若き労働者の手紙』――を書き上げた後、リルケはこれらと離れて、囚われない軽やかな詩趣を展開するのだから、これらの作品がこれまでの詩業の総決算であり、詩人としての生涯を終えたとも考えていたと思えるのである。だから、この三つはいわば、ワンセットの作品として評価出来る、否、そうあるべきであろう。『悲歌』と『ソネット』については概要とは言え、多少言及し、両者の密接な関係を見て来た。従って、ワンセットの一隅を占めているこの『若き労働者の手紙』についても触れる必要があろう。しかし、この作品はリルケ生前には出版されなかった。余りのキリスト批判と『マルテ』のリルケとはかけ離れたリルケ像を垣間見せるとの恐れから、出版に同意を与えなかったのであろうか。

この手紙の冒頭は《Vさま》で始まる。このVはヴェルハーレンではないかと言われているようだが、結びの文言――《私の友がある時言ってました、「この世を称賛することを教えてくれる先生があればいいのにね」と。あなたはそのような一人です》――を見ると、どうやら、リルケのことだったように思われる。何故なら、この結びこそ『第九の悲歌』のライトモチーフのレジュメだからである。『第九の悲歌』ではこうある。

「……まあ　この世にあるということは大したことなのだから　そして　この世の

全てが我々を必要としているらしいからだ　我々に不思議と関わり合っている　あの移ろい行くものが　最も移ろい易いもの　我々を……」

これこそ正しくこの世への賛美の言葉である。手紙はこの地上賛歌に蓋をしようとしているキリストを厳しく糾弾する。先ず、

「……キリストは我々のことを何も知らないのです、我々の仕事についても、我々の辛苦も、我々の喜びをも……」と。

この手紙の表題の《労働者》の意味がここにあるのである。近代産業の担い手である機械労働者のことなど大昔に出現したキリストが分かる筈がない。何故なら、キリストは生まれたままの状態で人間と共に成長してないからだ。《彼は我々の近くで途方に暮れて珍妙な振りをしているのです》と。そして、このキリストの形骸を後生大事に守ってきたキリスト精神、否、その精神を押し広めようとして来た連中をやり玉に挙げる。

「……我々が実際に喜びや信頼を寄せねばならないこの世のことを彼らは嫉妬のあまり、低劣なもの、無価値のものにしているのです……」と。

そして労働者はこの地上の喜びについてこう語るのである。ここに《若き》という形容詞が生きて来るのである。

「……ところで、標準、代価、制度などを持って来て、いくら価値を貶めようとしても、この世には人間が飽きることのないほど、全く計り知れないようなものがあるように私には思われるのです。ここでは、彼らが軽蔑、渇望、好奇心の耐え難いほどの入り混じった感情を以って《肉欲的》と呼ぶあの愛の中に、キリスト教が地上のものをうまく丸め込めると考えたあの蔑視の結果生まれた、最悪の効果の数々を大いに認めることが出来るのです。たとえ、我々がこの最も奥深い愛の営みから生まれ出て、我々の狂喜の中心に再び自らその愛の営みを所有することが出来るにも拘らず、この愛の問題では、全て捏造され、抑圧されてます。もし言わせてもらえるのでしたら、それは、我々を来世に不当にも持って行くための一つの教義のようで、そこでは完全な人間だけが聖なる権利を享受出来るという、たとえ確証されているわけでなくとも、それでもこのような固定的考えが広く擁護されて来たのです、それについて、私は益々理解し難くなって来ているのです……」と。

彼は神を信じてないのではない。彼は真実を捻じ曲げて来たキリスト教を無用のものと糾弾しているのである。彼はこう言い切る。《私はキリストのために自分を悪人にしたくはない、そうでなくて神のために善人でありたいのです》と。そして、更に繰り返して強調する。彼の主張は人間のこの世における根源的な権利をあるがままに認めるべきというものである。彼の主張の核心に耳を傾けてみよう。

「……何故我々はこの固有の素晴らしい性の営みでは、押し込み強盗やこそ泥のように、忍び込んで、そこで出会わなければならないのですか。この営みの中では、キリスト教の薄明の中、我々は道に迷い、ぶつかり合って、蹴つまずいたりして中へ入り込んでも、結局は、逮捕者のように襲い掛かられて再び外へ出されてしまうのです……

……何故、我々の直轄領地のお祭りをあの世へ移すために、我々の性の営みを無宿者にしてしまったのですか？……

……結構です、私は認めましょう、かくも無尽蔵の性の至福を我々は管理するだけの責任を負い兼ねますので、これを我々の領域に含めるべきでないということには。でもです、この領域ではどうして神と同じにならないのですか？　……かつて我々は全身隈なく子供だった、今は一ヶ所だけがまだ子供なのです……」と。

これで彼の主張は了解出来るであろう。性の深淵を大人として享受したい、ただそれだけなのに、道徳まがいのキリスト教的善悪の基準が作られて子供として管理されるようになってしまった。しかし、それを打ち破りたくとも、あの世のことを人質にとられて世間では打破して行くのが難しい時代が延々と続いてしまったと嘆くのである。つまり、このリルケの思想には二つの要素が絡み合っている。一つはキリスト教への批判、もう一つは、キリスト以前の太古から受け継いで来た、いわば人間の遺伝子のことである。

残念なのはこのキリスト教批判には既に大先輩がいる。フリードリッヒ・ニーチェである。しかし、リルケはニーチェを称えたことは一度もない。この点についてルー・アルベール＝ラザールは「リルケはニーチェに近付くことを拒否した、ニーチェを読んだらという私の提案を何とも激しく拒否したことを思い出す」と証言している(10)。《神は死んだ》と激烈にキリスト教批判を叫んだニーチェを彼が読まなかった筈はない。一八八二年の春から半年ほどニーチェはルー・サロメの恋人でもあった。しかも、サロメは一八九四年に『作品の中のニーチェ』という著作を著していた。だから、サロメとの会話の中でニーチェのことに触れたことがなかったとは思えないが、先程のルーはもう一人のルー（サロメ）とリルケと同席していた時にニーチェのことを話題にしたことはなかったとも証言している。サロメはどうもニーチェには触れられたくなかったようだ。最晩年に『回想録』(16)を遺すが、ニーチェには一言もないにも拘らず、ニーチェと共に三角関係にあったサロメの恋人パウル・レーについては一章を宛がっているのである。リルケがニーチェに一切触れなかったのは、あるいは、ニーチェがディオニュソス的で、リルケがアポロ的だったことにもよるのかもしれない。しかし、面白いことに、それにも拘らず、人間にとって絶対的で強烈な存在として、ニーチェはツアラトストラを、リルケは天使を担いだことは両者が地下茎で秘かに繋がっていたようにも思える。

一九〇〇年、リルケはサロメと第二回目のロシア旅行に出る。リルケがベルリンに帰って来たのは八月二十六日であった。その前日にニーチェは亡くなる。縁である。

リルケはタクシス侯爵夫人と車でナウムブルクを訪れているが(24)、ここでもニーチェについては一切言及がない。これほどの縁でありながらと思うと、リルケの度量に少し疑問が生まれないだろうか。ナウムブルクはニーチェの第二の故郷である。彼は父の死後止むなく生地レッケンからここに移住して来たのである。

リルケとニーチェについて言及した人の一人に、カタリーナ・キッペンベルクがいる。二人の比較をしているところをちょっとばかり紹介しておこう(28)。

「『時禱書』の中に次のようなフレーズが読めます。――《神はキリスト教徒など少しも気に掛けてはいない》と。疑いもなく、リルケはキリスト教徒であったことは一度もなかったのです、それに、キリストを愛したこともなかったのです。この点においては、彼の声はニーチェのそれとかなりの部分で一致します。二人とも、外部から押し付けられる道徳の規範、一般的な倫理観をもたないばかりか、ただ、人間の中で働く評価の能力のみを頼りにし、それによって自由に処することが出来るというのです。ニーチェ同様リルケは個人の創造者としての権利に統治による限界や制限を押し付けることに反対して立ち上がったのです。法律に代る秩序は内的な意識のみから発せられるしかないのです。ニーチェが彼の宗教を発展させ、価値の思い切った尺度を打ち立てたのはこの点からなのです。総じてこれらを許容出来なかったリルケは人間の純粋な理解の方へと道を取って進んだのです」と。

哲学者らしく洞察深く、しかも温かい言葉である。一見、二人は似ているようで、結局のところ袂を分かって別々の道を辿ったという。既存の規範や道徳に対して基本的に嫌悪感を持っていたので、リルケはニーチェの宗教を一つの規範として嫌ったのである。

後者の点については、つまり、この人間の根源を支配している性への至福の思いは『悲歌』にも堂々と展開されている。多くを語る必要はないが、多少垣間見ておきたい。最もはっきりと謳われている『第三の悲歌』の冒頭部分を見てみよう。

「一つ　それは恋人を歌うこと　しかし　ああ悲しいことに
別に　あの隠れた　罪深い血の河の神を歌うとは
乙女が遠くからそれと知る若き恋人　彼は欲情の主について何知ろう
彼女がまだ慰める前に　孤独からしばしば
時には　彼女がいないとでもいうように
ああ　何と訳の分からぬものをしたたり落としながら
夜を呼び起こしながら　際限のない暴動へと　首をもたげて行った
おお　血のネプチューン　おお　彼の恐るべき三叉の鉾
おお　ねじれた法螺貝の　彼の胸の　闇の風
聞け　夜がなんと立ち騒ぎ荒れていることか　おお　星々よ
最愛の女の顔に向かう恋人のこの激しい思いは
お前のせいではないのか？　純粋の眼に沈める奥深いまなざしは

純粋の星々から彼に降って来たのではないのか？

……」

《血の河の神》も《血のネプチューン》も《三叉の鉾》もみな男の性衝動の象徴である。この男の性衝動の激しさこそが人間存在の証でもある。アンジェロはこの『第三の悲歌』について次のようにコメントしている(25)。

「第二の悲歌を書いた一九一二年、リルケはもはや『マルテの手記』の中で偉大な恋人たちの肖像集を描き、愛を称賛した者とは完全には同一人物ではなかった。この頃、彼の議論は性的本能へと発展を始めていた、つまり、『神について』というタイトルの下で公表された二通の《手紙》にそのことを書き込んでいたのである（訳者注）──男の欲望を女の愛と比較しようとしていた。血に由来する世代の継承の成就を男に妨げているのは女の愛なのである、そして、女が宥められずにいるからこそ彼女が一層偉大に見えるとすれば、それは疑いもなく、欲望を逃れて愛が純粋にそして強力に増大するからなのである。

この悲歌の冒頭部分で発した声は残忍にも恋人の後ろで血の河の神を呼び起こす。出来たら女は愛を実現したい──男は激しい衝動のため女に追いつくことが出来ない、何故かと言えば、男の中には先祖から受け継いだ全ての財産を担っている血がうねっているからである──一方女は神に向かって高まるが、大地や生の暗い力の犠牲となるのである……」と。

（訳者注：二通の手紙とは、今話題にしている『若き労働者の手紙』と実際に出されたロッテ・ヘプナー宛の手紙で、これら二通は『神について』という表題で一九二三年にインゼル書店から出版された）

このようにリルケは男女の愛の違いを改めて発言した。『マルテ』以前のリルケは若いこともあってこのような衝動を十分経験していた(6)(14)(16)。何故、『悲歌』にこのことを書き込んだかは、人間存在を賛美すれば、当然人間の永遠なる存続を願わなくてはならないのだから、愛と同時に血の河の神をも描かなくてはならないのは当然である。誤解を避けるために『マルテ』を《流れに逆らって読め》とわざわざ言わざるを得なかったのだから、『悲歌』をより良く理解してもらう――特に若い人たちに――ためには、より一層、強く人間の根源的な喜びを強調せざるを得なかったのであろう。それによって、またキリスト教的な道徳観や彼岸思想の否定をも更に補強出来ると考えたのは確かである。しかし、このリルケの愛の認識については現代から見ればナイーヴ過ぎるというか、ナンセンスと映るのも事実である。ましてや、女性の人権擁護派からは、女性を男の獣性の犠牲にしてよいのかという声も起こることは間違いなかろう。ここに、リルケが現代では余り評価を受けない点でもあろうか。しからば、男の獣性は生殖のためにのみ必要とするのかというと、彼は《私の性は子孫のためにのみ向けられているのではありません、私の固有の生の秘密なのです》と逃げている。この《秘密》とは性の営みの最後に感じるアクメを求めることにあったようだ。彼の友人のピエールがか細い声で言った《堅く抱き合った肉体の核の中央の、ある一点に目覚めるあの得も言われぬ幸福感》とは正しくアクメに達した時の恍惚感である。そして、この労働者はピエールの言葉を《今は一ヶ所だけがまだ子供なのです》と引き取っている。

リルケの三点セットは愛を謳いながらも、却って、愛の形に霞を掛けてしまったように感じる。彼は愛の在り方について本当はかなり悩んでいたのではなかろうか。その悩みが彼の実人生と関係しているのは確かである。多くの愛人を得ながら、その実態はこの三点セットのようでもない。結婚という愛の別の形を求めておきながら、その関係をあやふやにしてしまった。そんな中で、メルリーヌとの愛は三点セットの範疇外であり、純粋な心の結び付きに終始しており、特筆に値する。しかし、言い方は悪いが、やせ我慢など本当に見られなかったのだろうか。後に触れなくてはならないあの墓碑銘を読むと、矛盾だらけの愛の告白だったように思えて来るが、そのことは後に譲ろう。もし、リルケが三点セットを遺さなければ、別の言い方をすれば、天使などに掛かり合ってリルケ教など唱道せずに、もっと純粋に人間を追掛けておれば現代でもっと高い評価を受けたかもしれないのにと思わざるを得ない。ヘルダーリンやニーチェのように、《ライナー》な詩人として。

従って、三点セットを仕上げた後の、三点セットから解放されたリルケの作品は内心を語った作品としてもっと重要に思えるので、これから多少その辺りを覗いてみようではないか。三点セットまでのリルケを忘れた方が良かろう。

リルケが最初にフランス語による詩を書いたのは、サロメに出会う直前の一八九七年四月二十五日、ミュンヒェンでのことと見られている(26)。

でも僕は正気だ　嫌なことは　何もかも風に
返してしまいたい
悲しくて苦しいと思えることを
よく理解してやれるだけの度量に僕は長けているんだ……

その後も多少の詩作は続けられていたが、本格化するのは一九二三年の夏の一ヶ月をルツェルン湖（正式名はフィアヴァルトシュテッテー湖）畔のベッケンリート近郊のシェーネックのサナトリウムで療養していた頃からである(26)。そのきっかけが一九二一年のベルク時代にヴァレリーの詩に出会ったことにあるのは諸家の指摘する通りであるが、『悲歌』の完成にかまけてなかなか手が出せなかったのであろう。一九二二年『悲歌』を完成して、ほっとしたのか、手すさびに次の断片をフランス語で遺した。六月十四日のことである。

胡桃の木　夏の空に生まれた
この夏の　初めてのレリーフ……

リルケのフランス語の詩集は生前出版されたのは、『果樹園――付けたりヴァレリーの四行詩』（一九二六年刊）だけで、死の直後に、『薔薇』（一九二七年刊）、『窓』（一九二七年刊）が出版された。そのほかに『手帳――付けたりフランスの友へ捧げた詩』という詩集がある。これはリルケが一九二六年四月二十六日、ヴァル＝モンのサナトリウムからモーリス・ベッツ（リルケの信頼する翻訳家で『マルテ』の仏訳を果たした）に送った十一の詩篇を含むノートを基に、更にリルケ自身が『マルテ』の中の《歌》を仏訳したものを加え、また、リルケがフランスの友に献呈した自著の献辞の詩八篇を含めて、ベッツが一九二九年に公にしたものである(1)(26)。リルケは《フランスへの優しき供物》《習作と実証》などのノートを遺している。『手帳』の詩は全てこの《習作と実証》に含まれるものである。従って、三つの詩集以外は全て未編集の遺稿集として取り扱う方が正しいであろう。

『窓』については章を改めてメルリーヌとの関係も含めて書く積りでいるので、この章では、幾つかのリルケのフランス語による詩を紹介して、彼が『悲歌』完成後のほんの三、四年の余禄の余生を、軽やかな詩の世界を逍遥しながら過ごしていたさまに触れてみたい。なお、この章で扱うフランス語の詩は、インゼル書店二〇〇三年刊の『フランス語詩集』(26)を主に、同じくインゼル書店一九五七年刊の『リルケ全集第二巻』(1)を参考にした。

先ず、『果樹園』から始めよう。ただし、『果樹園』は《ヴァレーの四行詩》を除いた本体ですら五十九詩篇、七十六首を含む大きな詩集で、全部を紹介するのが小著の目的でないので、数篇の紹介に止めたい。作詩時期は一九二四年一月から翌年の五月ころまでの間で、付属の『ヴァレーの四行詩』も含めて殆どは一九二四年中に完成している。勿論ミュゾットである。一九二六年六月、ガリマール書店からメルリーヌによるリルケのポートレイト付きで初版が出版された(1)(26)。リルケがどれほどこの出版を喜んでいたかを推量出来るコメントをルネ・

ランクは書いている(8)。

「これはリルケの最初のフランス語の本であった、彼の喜び、彼の無邪気な自尊心は実に痛ましいほどであった(これらの詩歌が『悲歌』に比べてつまらぬものに過ぎないと十分に心得ながらも)。つまり、彼のドイツ語の作品が多くのフランスの友には殆ど近寄りがたいものというこ と、及びフランス語、ひいては世界で称賛を受けているフランス文化に彼自身敬意を表したいとかねがね思っていることをリルケは自覚していた。その上彼はこれらの詩にこじつけなどしなかった——これらの詩歌は彼の感受性に間歇的に湧き起こる要求に一致しながら、彼とは自然と調和していた……」と。

また、ルネ・ランクはリルケがヴァレリーに宛てた手紙にある《ヴァレー一円で刈り取った干し草》という謙遜の言葉を紹介している。この謙遜はリルケの大きな自尊心の裏返しである。

一

今宵　私の心が歌わせる
思い出にある天使たちに……
ほとんど　私の声とは思うが
ひどく沈黙《しじま》に誘惑された一つの声

立ちのぼって　もう帰らぬと
心に決めて――
優しくも　大胆な声は
何《なに》と一緒になろうとしてるのか？

十二

ヴェネチアングラスが
人の惚れ込んでしまうような
この灰色と　おぼろな明るさとを
生まれながらに心得てるように

お前の優しい両の手は
とうの昔に予め夢を見ていたのだ
私たちのあり余る喜びの瞬間を
ゆっくり釣り合わそうと

十四　夏を行く女人

君に見えるか　あの羨ましいばかりの
ゆったりとして　幸福そうに道行く女人を？
あの曲がり角で
昔のイケメンたちに挨拶されることだろう

日傘の下で　気の進まぬ愛嬌を
優しく選択する――
余りの荒々しい光に一瞬体《たい》をかわして
光の生んだ影法師を連れて行く

十五

愛しい人の溜息の上《え》に
夜全体が湧き上がって来て
短い愛撫が
眩しい空を駆け巡る

これは恰も宇宙の中で
元素の力が働いて
失われる全ての愛のため
母親が再び現れたみたいだ

十六

瀬戸物の小さな天使さんよ
もしお前がじろじろ見られるようなら
稔りの時に
お前の頭に載せた一つの木苺のせいだろう

赤い帽子を被せるなんて
随分他愛もないと思われていたようだが
しかし　その時以来
お前の優しい頭巾を除けば全ては移ろって行く

もう干からびてしまったが　しっかりくっ付いている
香り立つと　偶には言われるようだが――
幻の冠のお蔭で
お前の小さな額は忘れられないのだ

二十九　果樹園（I）

借りものの言葉で
お前をあえて書いたのは　多分
私を常々苦しめて来た　あのユニークな帝国の
この田舎言葉を使ってみたいためだったのだろう　果樹園《ヴェルジェ》よ

この言葉の持つすべての意味を言わんとて
ひっくり返るほどの　過剰な曖昧さを
いや　もっと悪く言えば　身を守る囲いを
選択せざるを得ないとは　憐れな詩人
果樹園《ヴェルジェ》――おお　何という詩歌の特権

お前をただ指名すればよいとは
蜜蜂を引き付ける比べもののない名
息をし　待つだけの名……

老いた春を隠す明るい名
全く透明にして　全く満ち溢れ
シンメトリックな音節の中で
全てを倍にして　自ら実り豊かになる

二十九　果樹園（V）

お前を眺めながら　私の果樹園《ヴェルジェ》よ
私に思い出はあるのか　希望はあるのか
お前は私の周りで食事をする　ああ　何という木々の豊饒
そして　お前は自分の恋人に考えさせる

枝を貫いて　間もなく始まる　夜の下で
私によく考えさせておくれ

お前は働いた――私には日曜だったが――
私の休息　それは役に立ったのか？

恋人であること　畢竟　それより正しいことはあるのか？
僅かばかりの私の平和が　お前のリンゴの中で
今日　甘く熟することがあるのだろうか？　何故って
お前にはよく分かっているが　間もなく私は去ってしまうのだから……

この詩は何となく西行の《ねがはくは花の下にて春死なんそのきさらぎの望月のころ》を思わせる。リルケの薔薇の詩については後述しようとは思うが、多くの『果樹園』の詩にリルケの果樹への帰依心を読み取ることが出来る。もはや果樹はリルケの外にあるのではなく、殆ど同体となっている、いや、同体になろうとしている。それだけリルケは自分の詩業に大いなる満足感を抱いてこの時期過ごしていたのであろう。もはや、人間としてではなく、単なる万物の一つとして、その万物の中に同化しようとしていたのであろうか。

五十　窓（Ⅲ）

我々を追い掛ける

食事に供する垂直の皿
そして甘過ぎる夜
そしてしばしば苦過ぎる昼

果てのない食事
青の味付けの──
飽きてはならない
目の保養にせねばならないのだ

プラムの熟する間に
出される食事は何たるご馳走
ああ　私の両眼は　薔薇の大食漢
月の光を飲みなされ！

この詩は《窓》という三篇の連詩の三番目のもので、第一と第二は詩集『窓』に転載されているので（1）（26）、後に紹介したい。

五十八

少し休もうよ　話をしようじゃないか
立ち止まるのは今宵も私だ
話を聞くのはまたしても君だ

もう少し後で　別の人たちがこの路上で
隣人ごっこをして遊ぶことになるだろう
借り物のこの美しい木々の下で

五十九

私の暇乞いは全て終わってる　子供の頃より
多くの旅立ちが　ゆっくりと私を形作って来た
でも　私はまた戻って来て　また始めてる
この率直な帰還が私の眼差しを自由にする

私に残されているのは　その眼差しを満たすこと

そして　私の常に悔いのない喜びとは
我々を突き動かしている
これらの不在に相応しいことを愛し続けて来たことだ

これで『果樹園』は結ばれる。しかし、何たるリルケの諦観か！　透明でし残したことのない喜びが満ち溢れている。こちらにも『悲歌』同様にリルケの真価を見る思いがする。ジッドは受け取った礼状に「……あなたのフランス語の詩歌は私に新しい喜びを引き起こします、少し異質の、恐らくより稀有な、より繊細な、より鋭敏な。ああ！　**私たちに**与えてくれるとは何と素晴らしいことをしてくれたことか。これこそあなたの愛するある国にあなたが表することの出来る最高に美しいオマージュです……」と称賛を贈った(8)。二人の友情を考えると多少割り引く必要もあろうが、リルケにとってはうれしい言葉であった。『果樹園』には続いて、《ヴァレーの四行詩》三十六首が付属されている。これはシエールの医者の奥さんジャンヌ・ド・セピビュ＝ド・プルー夫人に献呈された。『果樹園』がリルケの信仰の告白であったとすれば、《ヴァレーの四行詩》は正しくヴァレーの抒情詩である。『悲歌』を生んでくれたヴァレーへのリルケらしい感謝の念を夫人への献詩という形で表したのである。幾首か紹介しよう。

四

いくつもの塔の立ち並ぶ古い土地
その鐘が昔を思い出して鳴っている
見た目は悲しくなくとも
音は昔の影を悲しく響かせている

恐ろしい太陽の　黄金に焦がされて
おびただしい力の　枯れ果てるぶどう畑
でも　かなたの　あの空間は
人には見えぬ未来のごと　輝き放っている

八

おお　夏の幸せ――
　日曜が来たので鐘が鳴っている
そして　醗酵する熱が　ちぢれたぶどう畑の周りに
　にがよもぎの臭いを立てている

ひどく麻痺させるような中でさえ
　きびきび動く波が道に沿って流れ行く
開かれた力に満ちたこの飾り気のない土地に
　何と日曜は確かなことか！

十二

鐘楼が歌う

鐘の音《カリヨン》を熟成させるため
私は世俗の塔より自分の身体を温める
ヴァレーの女性《によしょう》たちに
それが甘く幸せに響いてくれたらと

日曜日ごとに　打つ音ごとに
私は彼女らに甘露蜜《マンナ》を投げてやる──
私の鐘の音が　ヴァレーの女性たちに

幸せに響いてくれたらと

土曜の夜は居酒屋《シャンヌ》の中で
ヴァレーの女性たちからヴァレーの男性たちに
私の鐘の音が滴り落ちる
それが甘く幸せに響いてくれたらと――

十六

なんという静かな夜　なんという静けさ
天から私どもに沁み込んで来る
あたかもあなたの両の手の掌の中で
基本設計図を作り直しているようだ

小さな滝が歌ってる
感動で震えるニンフを隠すため……
空間が飲み込んで見えなくなった存在を
皆感じてる

十八

傾くぶどう畑に沿って
うねり　戯れる道
夏の帽子の巡りを
飾るリボンのよう

ぶどう畑──ぶどう酒を発明する
頭の上の帽子
ぶどう酒──来年を約束する
赤い彗星

二十一

風の日の後
果てしなき平穏の中
夕暮れが仲直りする

優しい恋人のように
全ては静かに　澄明になる
でも地平線の上には
美しい雲の浮き彫りが
積み重なり　金色に照り輝いている

二十七

塔　わらぶきの家　石垣
ぶどうの樹に良かれと
選ばれた土壌にさえ
厳しく耐える特性を備えている

しかし　この厳しさに
優しさを勧める光が
桃の実の表面を
すっかり満足すべきものに変えてくれる

二十八

働きながら歌う土地
働く幸福な土地
水が歌い続ける間に
ぶどうの樹は蔓を編み続ける

沈黙の土地　何故なら水の歌も
沈黙の過剰に過ぎぬから
リズムをとって進む
言葉の間のあの沈黙の

最後に結びの句を掲げて締め括ろう。

三十六

地面近くの美しい蝶

親切な自然に
飛翔の本を広げ
彩色を見せている

別の蝶は　人の愛でる花の縁にて
今は読む時でないと
羽を閉じ――
なおも多くの他の蝶たちも

青の小さな蝶たちが
浮かぶや飛んで
風への恋文の　青い小枝のように
飛び舞っている

恋人が玄関先で
躊躇ううちに
書いたばかりの恋文の
引きちぎられて　宙に舞うて行く

いろいろな姿態で羽を休めた美しい蝶たちの姿に、青い蝶たちの群舞が二重写しになって時が流れて行くさまが目に見えるようである。何とも美しい光景である。ここでは人も蝶も区別がない。

『薔薇』という詩集は大部分ローザンヌで一九二四年の九月に書かれた二十四篇の小振りの詩集である。リルケが花の中では何よりも薔薇を愛したことは事実である。それは恰も西行が桜を愛でたことを思い出させるが、その歌い振りは全くと言って良いほど異なっている。リルケは薔薇を愛しながらも離れて見ており、西行が桜と同化しようとしていたようには決して同化しようとはしなかった。前述したように西行の桜はリルケにおいては果樹だったのである。薔薇はリルケにとっては女性と同じ存在だったのだろう。女性と言っても『マルテ』に現れるガスパラ・スタンパやマリアナ・アルコフォラッドのような愛の女性たちであった。だから所有しない愛を薔薇にも求めたのである。

テキスト(26)の注解の中で編者は《「薔薇」と「死」の動機は実際彼の作品の中で互いに密接に結び合っているが、このテキストでは最も意味あり最も有効的であり自然である、リルケがそのテーマを自分の墓碑銘に決め、それによって彼の人生と作品の抒情詩のいわば総和として次のように言明したのである》として墓碑銘を掲げている。これも一つの解釈であろう。墓碑銘はそれから一年後に作成されたから、「薔薇」と「墓碑銘」との、「薔薇」と「死」との二つを関連付けようとしたことは理解出来るが、それだけでよいのかと疑問でもある。そのことは最終章で考察するとして、ここでは幾つの詩篇を紹介するに止めることとする。

一

幸せな薔薇よ　ひんやりした
お前の花びらが　時には僕らをこんなに驚かすのは
お前自身の中で　お前の内部で
花びらと花びらとがくっ付き合って休んでいるからだ

全体はすっかり目覚めているが　その中心では
眠りこけてるものが――数え切れない花びらが
寡黙の心の優しさに　互いに触れ合って
口元の端っこまで続いてる

三

薔薇よ　お前　ああ　無限に控えめにて
無限に香り行く　完璧な優れもの

ああ　頭《こうべ》よ
甘味さに放心した胴体の上《え》の
お前に値するものは何もない　お前　ああ
定めないこの世の　至高のエッセンス
進まぬ愛の空間に
香り匂い立つ

六

一輪の薔薇　それは全ての薔薇
そしてこちらの薔薇——代りのない
物たちのテキストに組み入れられた
完全無欠で　自由自在な言葉

お前なしではどうやっても言えぬ
僕らの希望であったものを
そして　絶え間ない旅立ちの中の

思いやりの中休みを

十二

誰に備えて　薔薇よ
お前はこの刺を
養子にしたのか
お前の繊細過ぎるほどの喜びが
お前をこんな武装したものに
なるよう
強いたのか

でも　この大げさな武器で
お前を誰から守れるというのか
どれほどの数の敵を　私は
お前から取り除いて来たことか
彼らはちっともそれを怖れなかった
それどころか　夏から秋に掛けて

お前は　人の心遣いを
傷つけているのだ

一九二六年の十月末、ミュゾットを訪ねて来た女友達エルイ・ベイらのためにリルケは庭の薔薇を摘んでやった。その時刺に刺され、それが基で敗血症を患って亡くなったという伝説が生まれた。しかし、リルケはその二ヶ月後にその傷が引き金になったとも思われるが、別の白血病の再発で亡くなるのである。この詩は何となく因縁を感じる。

十八

僕らを感動させる全てに　お前は係り合っているのだ
でも　お前に起ることが僕らには分からない
お前の全てのページを読むには
百匹の蝶にならなくてはならないだろう

お前の中には
辞書のようなものがあって──
お前を摘む者は

全ての花びらを綴じさせたがる
僕は　手紙風の薔薇が好い

二十

薔薇よ　言っておくれ　何が原因なのか
お前自身の中に閉じ込められた
お前のゆったりとしたエッセンスが
散文の空間で
あれほど有頂天に空気を震わせようとするのは？

この空気は　何度となく
自分を物たちが穿ってくれるよう要求することか
そうならないと　しかめっ面をして
悲しみを見せる
ところが　空気は　薔薇よ
お前の肌の周りで輪を作っているのだ

この詩はミュゾットで一九二六年の六月半ばに作られたという。最後のラガツの保養所で一九二六年八月に作られた詩を紹介して結びとしたい。

二十四

薔薇よ　お前を外へ出しておくべきだったのか
愛しい優れものよ
運命が僕らの上で尽きてしまうのだったら
薔薇ならどうするだろうか

後戻りは出来ない　そら　お前よ
年こそ違うが
この生を　この生を
夢中になって　僕らと分かち合うのだ

リルケが死を予感しての作であることは確かである。この詩は『果樹園』の結びの詩と関連があろうか。死を目前にした思いの上にこの世で仕上げて来た喜びと満足感が死への旅立ちを軽やかにしているのだろう。

九、ヴァル＝モンからパリへ（一九二三年—一九二五年）

前章で触れたようにリルケは一九二三年八月二十二日から一月をベッケンリートのシェーネックの療養所で過ごした。この頃からリルケは白血病の兆候に苦しんでいたのであろう。また、六月には三週間ほど歯の治療でチューリッヒに滞在していた。体の変調とは裏腹にこの年はミュゾットを出て、各地に遊んでいる。『悲歌』の完成から解放され、自由な身になったとも言える。六月には『悲歌』の特装版が、十月には普及版がインゼル書店から出版され、念願を達成していたのである。メルリーヌに関しては、七月からバルチュスを連れてミュゾットに泊まり込んだ。しかし、家主は殆どミュゾットを離れていたので、メルリーヌはミュゾットの管理人の如く、補修作業の監督を務めることになった。リルケがミュゾットに戻って来るのはメルリーヌの誕生日の十月二十七日になってからで、それから二人はミュゾットで一緒に十一月二十日まで暮らすのである。

そして、リルケは出来上がったばかりの『悲歌』をメルリーヌに渡すが、その献辞に次の詩を書き込んでいた。表題はないが、歌い出しから、『心のブランコ』としても良かろう。メルリーヌへの愛を絡ませて「生」の賛歌を謳ったものであろう。この詩は後に改訂があったのか、最終版がインゼル書店の二〇〇六年出版の一巻本『リルケ詩集』(29)にあり、それによった。先ず冒頭こう書かれている。

　　M……への献辞
　　　一九二三年十一月六日と八日に書かれた
　　（ミュゾットの新しい冬の初めの仕事として）

心のブランコ　おお　しっかりと
　　目に見えぬ
何処かの大きな枝に結ばれたお前が　僕と一緒に葉の茂みにまで
揺れ動いたのは　誰かが　誰かが　お前を押したからだろう
素晴らしい木の実の傍の　どんなに近くに僕はいたことだろう
　　だが　しかし　留まることが出来ないからこそ
感激の意識が生まれるのだ　ただ　近くにいるだけ　いや
いつもは高いところにあるものへ　突然　出来る限り近付く
直ぐ側にいる　だが　それから
絶え間なく勝ち取り続けたところから
——さっと再び墜落し——新しい眺望

そして　今や――帰還を命ぜられ
釣り合いをとる腕の中で　戻り　彼方へ奥へと
下へと　その間へと　躊躇いながら　この世の義理を感じ
　　　苦難の命令を貫いての
運行――側を通り過ぎて――そして
　　　投石器のゴムが伸び
好奇心にかられ
反対側の高みへと
再び　何と変わった　何と新しい！　綱の両端では
二つ共々互いに　喜びのこの半分を何と羨んでいることか
それとも　四分の一の喜びと言ったらいけないのか？　――そして
ブランコを押し出す　例の半円を　彼は好まないから　僕が勘定するの？
彼を自分の地上の感激の鏡などとは　僕は思い違いなどしていない
何一つ推し量ってもいない　ただ彼は　将来　より新しくなるのだろう
でも　終点から終点まで
僕の最も思い切った感激のそれを
もう僕は既に所有にしているのだ――
過剰が僕から流れ出てあちらへと突進し　そして　彼を充たし

彼をしっかりと刺激する　そして
彼を投げる力が突然止む時には
僕自身の別れが来て　彼に殊更親しみを覚えるだろう

前半はメルリーヌへの思いの揺らぎを表現しているが、後半に抽象的な表現が急に増えて来るのは諦念を告白しようとしたからであろう。《彼》とか《それ》とか使い出すが、それらは単に、ブランコの「運行——Durchgang」のことではなく、「生の運行」の象徴として置かれたものであろう。メルリーヌへの愛を止揚して生まれた新しい「生」の世界の喜びを謳い、その「生」もやがて終焉することさえもむしろ喜びつつ、詩を結んだ。正しく「生死一如」である。メルリーヌは後にこの詩のことを『第十一の悲歌』と呼んだ(2)。彼女は『悲歌』のレジュメと受け取ったのであろう。

メルリーヌはピエールのパリ出立に合わせて、ミュゾットを離れた。

一方、リルケの方は急激に病状が悪化して一九二三年十二月二十九日にモントルーのヴァル＝モンの療養所に入院した。第一回目の入院で翌年の一月二十日にはミュゾットへ戻って来た。リルケは都合四回、ヴァル＝モンに入院し、四回目に結局リルケはここで息を引き取ることになるのである。

ナニーへの十二月二十九日付の手紙(15)からナニーのクリスマスプレゼントのお礼も言えぬほど発病はかなり苦痛を伴ったものであったことが類推出来る。医者は二週間くらいで回復するだろうと述べたと書いている。十二月三十日、リルケはメルリーヌへもヴァル＝モンから手紙を投函した。メルリーヌはフリーダからリルケの発病のことを知り、心配してヴァル＝モン宛に手紙を出していた。それを偶然リルケは自分の手紙の投函時に受け取り、追伸でそのことを伝えている(2)。

この度は初回だけあって、回復は早かったのであろう。一九二四年一月二十一日付のナニー宛の手紙で、昨日ミュゾットへ戻ったとある(15)。ミュゾットへ戻ってからのリルケは忙しい。年表風に大雑把に記せば、先ずは二月一日に既にパリに出ていたメルリーヌの長男ピエールからリセ・ジャンソン・ド・サイでの哲学論文に成功したとの知らせがメルリーヌに入る。バルチュスは三月七日、ついに生まれ故郷のパリに着く。そしてメルリーヌ自身も彼らを追掛けるように五月にはパリへと移って行くのである(2)。

そしてリルケに関して言えば、四月六日にはヴァレリーがミュゾットを訪れている。ほんの短時間である。

五月十七日にはメルリーヌのパリ行きと入れ替わるように、一九一八年以来会っていなかった妻のクララがミュゾットを訪れ、一週間ほど共に暮らした。話題の多くは娘や孫娘のことだったようだ(13)。

六月には、ラインハルトやナニーと会い、七月には、ラガツでタクシス侯爵夫人と落ち合った。ラガツとはスイス東部の温泉保養地で、二人は共に保養のためここを訪れていた。そして、再び十一月二十四日から翌年一九二五年一月八日までヴァル＝モンの療養所へ入院するのである。この間のリルケの詩について若干紹介しておこう。
先ず、六月にミュゾットで作られた（1）ものの内から、六月初めに、

お前はまだ覚えているだろうか——落ちて来た星々のことを
我々の望みの　突然差し出された止まり木を超えて
空から　はすかいに　馬が飛び跳ねて来たかのような——
我々はそんなに多くの望みを持っていたのだろうか——
飛び跳ねて来た星々は　数えきれぬほどだったのだから
しかし　夫々の閃光は殆ど皆
彼らの戯れの　性急な　向こう見ずな行為と
結び合っていたのだ
だから　彼らの煌めきのかけらの下では
心は全きものと自覚し
まるで堪え抜いたように　健やかだった！

六月十六日には、

いや寒き　山々からの

晴れやかなる贈り物
水無月になれば　飛躍を企てる――
小川や貯水池の中で　煌めきながら
新たな姿となって　押し合いへし合いしてる

塵にまみれた　藪の下の
至る所
生き生きたる　地下の水の流れ――
なんと有頂天になって主張してる
流れは歌うことと

ラガツでは『ラガツの墓場で書かれた詩』という九篇の長い詩集が七月の二十一日までに書かれた。その内の第三番目のものを掲げておこう。

お前は知っているだろうか　木漏れ日の光が
影の中に落ち　そして風が吹く……
それから　純粋の見知らぬ光の中で
殆ど揺れることなく　青く　そして　夫々に

一本の背の高い　風鈴草が立っている
かくてお前はいるのだ　死人の傍に　常に
とっといた光の中に立たされ
ゆっくりと　揺れながら……　他の者たちはもっとひどく苦しんでいるのに
そして　お前の　未使用だった微光の中で
地下世界の贅沢が光り出すのだ

ラガツでは『ラガツの墓場』を作りながら、また別の感じの詩をも作った。

世界は恋人の顔の中にあった——
でも　突然流れ出て空になってしまった——
それで　世界は外にあり　世界を捉える術がない

何故　私は吸わなかったのか　そう思った時
満ち溢れる恋人の顔から　世界が
世界は　私の口元の近くで芳香を放っていた

ああ　私は吸った　何と貪り吸ったことか
だが　私も　多過ぎる世界に　一杯になって
そして　吸いながら　私自身も溢れ出てしまった

ラガツからミュゾットへ戻って直ぐにこんな詩を作った。八月十一日か十二日かという。

夜空と流れ星

天よ　偉大な　清らかに満ちた振る舞いよ
空間の貯蔵庫よ　世界のあり余るものよ
我々には　中に入り込むには遠過ぎ
背を背けるには近過ぎる

と　一つの星が落ちる！　驚きて仰ぎ見て
我らが願い　切に星へと結ばれる——
何が始まり　何が消え去るのか
何が罪せられ　何が許されるのか

これらの詩に共通するものは自分と世界との比較において、自分、つまり人間の存在の矮小さを嘆き、と同時に、その過剰の世界と同化する覚悟を表明しようとしたのであろう。自分の外に別の世界があるわけではなく、死を含めての一つの巨大な世界に我々は生きていることの再確認だったのではなかろうか。

リルケは一九二四年十一月二十八日、再入院したヴァル＝モンから、メルリーヌにパリへ行く積りで準備していたが、またヴァル＝モンへ舞い戻ってしまったと嘆きの手紙を書く(2)。メルリーヌが心配するのが目に見えていたので、ほんの少しの間だから心配しないでと付け加えることも忘れなかったが、内心は焦りを感じたであろう。再入院したことで自分の病の重大性を強く意識したからである。このままパリへ行けないのかもしれないと不安は拭えなかったが、その不安が尚一層望郷の念に火を付けた。

一九二五年一月八日、ヴァル＝モンを出るとそのまま真っ直ぐにメルリーヌたちの待つパリへ直行した。ここから最後の長い七ヶ月に及ぶリルケのパリ滞在が始まるのである。メルリーヌのアパルトマンの近くのホテル・フォワヨに宿を取った(2)。

メルリーヌのリルケ最晩年に果たした貢献は大きく三つあるのだろう。一つは何と言ってもミュゾットを共に見出し、整備して、リルケの『悲歌』完成を手助けしたことで、メルリーヌがいなければ『ドゥイノの悲歌』の完成も覚束なかったと言っても過言ではあるまい。二つ目はこのリルケの最後のパリ長期滞在を杖の如く支えたこと、そして三つ目はパリでリルケと共に過ごして、リルケの友人たちと交わり、恰もリルケのパリアタッシェの如き役割を担い、リルケのフランス語詩集のパリでの出版――特に『果樹園』の出版に当たっては、自らリルケの肖像画を巻頭に入れるなどして積極的に寄与したことである。

パリに戻って来たリルケは多くの文人たちに囲まれ、もみくちゃにされ、余りの熱狂で本人は疲労困憊の極に達していたのであろうが、シャルル・デュ・ボス、エドモン・ジャルー、モーリス・ベッツ、アンドレ・ジッド、ポール・ヴァレリーとの邂逅はリルケにとって忘れがたい喜びをもたらしたことは疑う余地はない。しかし、ヴァレリーは当時公私にわたって多忙を極め、リルケは思ったほどの時間を共にすることが出来なかった。ルネ・ランクは面白い表現を使った。「ヴァレリーはその時大いなる上げ潮にあり、栄光のロンドの中で歓喜の誘惑に陥っていた」(8)と。また、ジッドはコンゴへの旅行の準備とその直前に盲腸の手術を受け、これまた十分な時間は得られなかった。リルケにとっては予想外の仕儀となってしまった。リルケとジッド、リルケとヴァレリーとでは友情の在り方に違いがあったようだ。スイスの女流作家モニック・サンテリエがリルケとの思い出話を遺している(31)が、その中でリルケのジッド、ヴァレリーへの思いを紹介しておこう。先ず、ジッドに対して、

「……リルケはジッドに対して驚くほどの愛情を感じていた。ジッドのコンゴへの遠征の直前にリルケはジッドに再会した――診療所で――回復期にあるジッドに。リルケはシーツの上の輝かしい頭、重たい額について、忘れられない眼差しで私に語ったのです。リルケは話しながら、塑像を作り、削り、顔つきに命を吹き込んでいるように見えた。それから彼は両手でポーズを取るようにそして掌の中で全重量を測るようにじっとそれを眺めた。このような価値

を持つ者は世の中にいることは分かっていても、彼はその中のこの人を愛した。コンゴへの旅は彼を苦しめた。彼はジッドがコンゴから帰って来ないのではないかと恐れていた。とても伝染性の感情で話すので、その夜、信仰心のない私でさえお祈りをしてしまった、ジッドのために主禱文《パテール》を唱えた、ジッドの名前が私の心を過ぎる度に。私はそうすることに幸せを感じた……」とある。

一方ヴァレリーに対しては、

「……私はリルケ以上にヴァレリーを愛し、珍重した者はこの世にいないと思う。《私は孤独であった、私は待っていた、私の作品の全てが待っていた。ある日、私はヴァレリーを読んだ、そして、自分の待っていることが終わったのを知った》と。黄金、お香、没薬《ミルラ》、彼はこの作品に全てを見出した、彼は愛、忍耐、穏やかさをもってこの作品の上に身を屈めたのである。ミュゾットのしじまの中、ヴァレーのこの塔の襞のない時間の中、ヴァレリーの詩句が正確に進む時間の、少しも欺くことのないしじまの秤の上で目方を量られていた。誰もこれ以上の天使のような手で、これ以上の驚嘆すべき魂で、これ以上の満場一致の同意をもって、ヴァレリーのページをめくった者はいなかった。まだ、彼はヴァレリーの詩の翻訳をしていなかった――彼の愛はそれを超えていた――楽しもうという命の意志でもって、彼はこの作品に、頭を下げていたのである。ここでは翻訳などには少しも関わっていなかった、しかし、浸透し、血の移行がなされていた……」とある。

モニック・サンテリエは次のような言葉を遺しているほどのリルケ愛好家であることを考え

ると、これらの評も多少割り引く必要があるかもしれない。

「いいえ、リルケは死んでおりません――ミュゾットからラローニュへは、長い道のりではありません」と（訳者注：ラローニュとはドイツ語名ラロンのフランス語名、ラロンはリルケの墓所のある所）。

「ジッドは七月十四日マルク・アレグレと同伴でコンゴへ出発した。リルケとマダム・クロソウスカは彼を駅までエスコートしに来た者たちの中にいた」とルネ・ランクは述べている（8）。

リルケは八月十八日にメルリーヌと共にパリを離れた。その後、シエールを通り、北イタリアへ向かうが、バヴェーノで肉料理による食中毒に罹り、ミュゾットへ戻った。メルリーヌはリルケの病状の回復を見て、パリへと帰って行った。リルケはその後、ラガツの保養所に向かった。

十、小詩集『窓』(一九二四年—一九二六年)

リルケはメルリーヌと別れた後、九月十七日にはラガツの温泉場へ向かった。ここで九月末まで保養し、ナニーの迎えでマイレンの客となり一週間を過ごした。このころ彼は口の腫れに悩まされ、チューリッヒの医者の診察を受けたが、彼の心配する癌ではなかった。しかし、死因となった白血病に彼の身体が既に侵されていたことは間違いなかろう。当時は有効な治療法はなかった。リルケは死期の近いことを悟ったのであろう。十月十四日ミュゾットへ帰って来たが、死後の準備に取り掛かった。はっきりしたことは分からないが、ゼルマッテンは「……一九二五年の秋に、ミュゾットの主がラローニュ(訳者注:ドイツ語名ラロン)の崖をよじ登って行くのを想像しなければならない。遺言の起草(十月二十七日)に先立つ数日前に、彼は自分の休息の場所を選ぼうとしていた。近づく死への思いがもう彼から離れなかった」と小説家らしい筆使いをしている(4)。これが小説家としての想像なのか、事実に基づいた記述なのか、訳者には判断出来ないが、あの、周到な遺言書を読めば、リルケが自分の永遠の休息所を実地に見なかったとは思えない。十月二十七日、彼は遺言書を認め、二十九日にナニーに郵送し、執行を依頼したのである(15)。その中には有名な墓碑銘が含まれていた。そのことは最終章で触れることになろう。

一九二五年十二月二十一日から三度目のヴァル＝モンの療養所への入院が始まり、途中何回かの外泊をしているが、翌年の一九二六年五月末日まで、極めて長い療養生活を送ることになった(2)。

リルケがチューリッヒからミュゾットへ帰って来たころに時間を少し戻してみよう。十月二十四日、久し振りにメルリーヌに美しい手紙を書く(2)。この時には、もう遺言書の草案は出来上がっていたと思われるのに、そのことはおくびにも出さなかった。メルリーヌの性格を読んでのことである。

「雲が湧いて、綿のようなかけらが山の中腹に掛かっている」というように、美しいセンチメンタルな言葉を多用した。しかし、深読みする者はリルケがこのはかなさに包まれたミュゾットの光景を今生の思い出として脳裏に焼き付けていたと思うだろう。そして、生きている喜びをかみしめていると。

十二月四日にリルケは五十回目の誕生日を迎えて、多くの人々から祝福を受けるが、リルケ自身は誕生日どころではなかった。病状は日増しに悪化して、医者の都合で、一九二五年十二月二十一日にやっとヴァル＝モンに入院することが出来た。

さて、本題の詩集『窓』について歩みを進めよう。メルリーヌへの愛の証となるわずか十篇の珠玉の小品詩集『窓』のことである。

この詩集はリルケ死の直後の一九二七年七月二十八日、パリのオフィチーナ・サンクタンドレアーナ社から、メルリーヌの挿絵入りで出版された(27)。メルリーヌは詩ごとに銅版画で挿絵を入れたのだから、この詩集はリルケとメルリーヌの共作と言える。《窓》とは『第十の悲歌』『オルフォイスへのソネット』の結びの詩などと極めて近い親戚関係にあるのだろう。いわば、「死の世界」から「生の世界」を覗く《窓》をイメージしていたのではなかっただろうか。リルケは死を覚悟して、メルリーヌとの愛の証にと急いで作詩したように思える。しかし、リルケはメルリーヌの挿絵に感謝しつつも、二人だけのものにしておきたかったようだ。この章では全篇の詩を紹介したい。

この詩集の発端は一九二〇年の夏の終わりごろにまでさかのぼれる。一九二〇年十二月十二日、リルケはベルクからメルリーヌに手紙を書くが、その中にこんな一節がある(2)。「……《窓による娘》……僕らがフリブールで話題にした窓の一つ……髪をかき上げながら、叫びをイメージさせる形をとった悲劇的な飾り。腕、おお、腕！ ……身体は遠くから見るように和らいで見える。そして、かくも完全なる確信を持ち、逸楽を知った、シュミーズの輪郭を示す素早く描かれたその線、蒸れるような、腕の方へ上がる線、全てが堕落してる感じ！……」と。

《僕らがフリブールで話題にした》とは一九二〇年八月二十九日、二人が打ち揃ってフリブールを訪れた時のことである(2)。二人の恋が正に始まらんとしていたその時であったこと、しかも、この詩集がこの光景から始まったということも、詩集『窓』が二人にとって如何に重要であったかが了解されるであろう。

このフリブールでの光景が第一の詩の原型になったのであるが、実際にこの第一の詩が最終的に出来上がるのは一九二六年四月初め、ヴァル＝モンでのことだった。銅版画で挿絵を入れるアイディアはメルリーヌからもたらされた。この挿絵のアイディアとフリブールの光景とを重ね合わせると、この詩集が私的な詩集であるとの認識が二人の間にあったものと考えられよう。メルリーヌは挿絵が入れられると思い、一九二六年三月十七日から毎日のようにリルケにそのアイディアについてうきうきと報告している(2)。

このメルリーヌの情熱にほだされてか、リルケも病を押して創作に励み、五月十日には幾つかのスケッチをメルリーヌに送った。更に、五月二十四日には、残り四篇を送り十篇の詩集が出来たのである(第三、第四は既に『果樹園』の際に作ってあった)。

メルリーヌは何とか出版したいと東奔西走するが、絵入りの豪華本の出版には色よい返事は得られなかった(2)。メルリーヌには残念であったろうが、リルケはもともと存命中の出版までは考えていなかったようだ、というより、メルリーヌとの関係を生前あからさまにすることには戸惑いがあったのではなかろうか。彼の中ではメルリーヌとの情事は日の当たらぬものであって欲しかったように思える。彼にはサロメがおり、クララがいたのである。『果樹園』が出版される時のようには彼は高揚してなかったのである。あくまでメルリーヌとの二人の秘密の詩集であって欲しかったのではなかろうか。だから、彼から出版を後押しすることは一切なかった。結局リルケ生前には実現しなかった。

では早速二人の合作を見よう。詩集『窓』(27)は先ずメルリーヌの銅版画があり、その後リルケの詩が掲載されている。詩集には献辞があり、《ムーキーに寄せて、バラディーヌに寄せて》とある。ムーキーは友人間のメルリーヌの別の愛称である。《メルリーヌに寄せて》でないことに注目すべきであろう。

先ず、第一の詩から始めよう。この第一の詩に付けられた挿絵はリルケの一九二〇年十二月十二日付の手紙を髣髴とさせる。

一

バルコンの上か　窓の額縁の中の
一人の女の　躊躇いがちの　……
ああ　それでよい
現れるや　はや
失われ行く女とならんには
髪結わんと腕上げるなら
優しき花びんたれ
そこで　強がれば
何と　俄かの我らが損失

輝かば　何と　我らが不幸！

ここにリルケのメルリーヌ観、あるいはメルリーヌの実像を見ることが出来るのだろうか。

二

お前は待てという――不思議な窓よ
もうベージュ色のカーテンが動き掛けている
おお　窓よ　私はお前の誘いを受けるべきなのか
それとも　断るべきか　窓よ　私は誰を待つというのか

従順なこの生　喪失だらけのこの心だけでは
私は不完全なのか
前に進むべき道がありながら　お前が素晴らしいものをくれるのではと
夢見がちに迷いて　ここに留まるべきなのか

三

お前は私たちの幾何学なのか
窓よ　何と単純な形をして
何の努力もなしに
私たちの巨大な生を区切るという

愛される女は　現れたと見た時より
もう決して美しくなることはない
お前に縁どられ——　おお　窓よ　お前は
あの女をほぼ永遠にするのだ

偶然の入り込む余地など全くない　彼女は
愛の最中に身を置いている
他人が主人でいられるのは　彼女の周りの
ほんのちょっとした空間だけだ

四

窓よ　お前　おお　期待の計り升よ

何と多くの充填が
一つの生が注がれて　我慢出来なくなって
別の生へと流れ行く

お前　寄せたり引いたり
海のように移り気の――
鏡に映る姿も
突然　歪んで混ざり合う――

お前　運命の存在と
妥協した自由の見本――
いや　風穴だ　ここを通れば　外の巨大な過剰も
私たちの中で　一様になる

五

窓よ　おお　お前は何事にも
儀式の装いを加えることか――

ただ立っているだけの者でも
窓枠の中では　待ち人顔になったり　瞑想顔になったりする

ぼんやり者　怠け者
彼にメーキャップしてるのはお前だ
少し似通うぞ
いや　彼のイメージそっくりだ

漠としたアンニュイに放心して
窓により　休んでる子
夢を見てる　彼の上着を擦り減らすのは
彼ではない　時間なのだ

また　恋人たちが　そこに見える
身じろぎもせず　壊れやすそう
羽の美しさのために
ピン止めされている蝶のようだ

六

部屋の奥から　ベッドを浮き立たせていたのは
　　　　　　　　　　ほの白い薄明かりだけだった
今や　星の窓が　昼を要求する貪欲な窓に
席を譲っている
でも　そこに　馳せつけて　屈み　休む彼女
夜の放棄のあと　この新しい天上の青春が
出番に同意したのだ！

朝方の空に　優しい恋する女の　見つめるものは
天そのもの　果てしない手本の
深淵で　高邁な　天の外は何もない！
ただ　空に円いスタジアムを作る鳩たちを除けばだ
彼らは照らされて　甘い曲線の中
恋の復帰を　連れて飛んでいる

（朝方の窓）

七

窓よ　夜が増やそうとしている
抑え切れぬほどの　多くのものを全部
大事な部屋に　漏れなく導いて欲しいと
人はお前をしばしば呼びにやるのだ

窓よ　愛情をこめ
うつむき　身じろぎもせずに
根気のいる仕事をしながら　かつて
女がお前のそばに座ってたのだ……

窓よ　明るい水差しの中に
飲み込まれたお前の姿が　芽を出している
お前は　私たちの視界の
広大な帯を締める　止め金だ

八

女が　窓に凭れて
うっとりと時を過ごしてる
生の全き埒外で
放心し　一方で緊張しながらも

寝そべっているグレイハウンドが
足を揃えているように
夢見る本能が　不意打ちして
美しいものを　わがものにしている

両手は具合よくそこに置かれて
残りのものもそんな風に加わって
腕も　乳房も　肩も
彼女自身すら　言わないのだ——飽きたなどとは！

九

すすり泣く　すすり泣く　ひたすら　すすり泣くだけだ！
誰一人凭れる者のいない窓よ！
慰められぬままの囲い
私の雨に濡れそぼって！

お前の形が決まるのは
夜の遅くと　明け方の早くだ——
お前は今カーテンに身を包んでいる
カーテン　ああ空しい着物よ！

十

私が　自分の地獄を　よく理解し
すっかり飲み込んでしまったのは
最後の日の窓に　お前が凭れているのを
見てしまったからだ

闇に向けて突き出した腕を
私に見せながら
それ以来　私の方へ　お前から逃れて来たものが
私を捨てて　再び　私から逃れるようにと　お前は仕向けたのだ……

かくも大袈裟な　お前の別れの身振りこそ
私を風に変え
私を川の流れに投げ込む
しるしだったのか

これらはリルケがメルリーヌとの愛の物語を描いたものである。結びはメルリーヌに死神を重ねて嘆きを訴えた。死を覚悟していたのである。

十一、壮絶な死（一九二六年十二月—一九二七年葬送まで）

一九二五年の七ヶ月に及ぶパリ逗留でリルケはひたすらメルリーヌを知己に引き合わせていた。これが功を奏して、翌年の一九二六年、メルリーヌはリルケのパリアタッシェのような役割を果たすことが出来た。特に、六月の『果樹園』の出版などに大きく貢献し、コンゴから帰国したばかりのジッドへ贈ることに間に合わせた。一方で、リルケの健康は坂を転がるように悪くなっていた。ただ、長期のヴァルでの療養の後暫くは小康状態を保っていた。ミュゾットへ戻って来て、ヴァレリーの『ナルシス断章』を翻訳したり、七月は二十日からラガツに保養に出掛け、ここで短期間ではあったが、タクシス侯爵夫人と会うことが出来た。ラガツには八月三十日まで滞在し、八月一日に『ラガツの墓場』という詩を今度はフランス語で書いた(26)。

無名のお前の平穏から
この甘味は匂い立っている
年取らぬお前の青春の

知る由もないお前の美しい天空の
女性的肩をもつこれらの十字架たちが
自ら進んで青い背骨を
真っ直ぐ支えてる
学校にいる乙女たちのように

十字架たちはお前のことを諳んじてる
自分たちの小さな死のことは忘れても
お前はここでは最強だ
花をさえぼんやりさせるほど

この後ローザンヌに滞在して、九月十三日、トノン近郊のアンティにヴァレリーを訪ねた。最後の邂逅であった。一旦ミュゾットに戻るが、十月十二日から再びローザンヌへ出掛けた。目的ははっきりしていた。ステノタイプをこなすリルケ最後の秘書となったジェニア・チュルノスヴィトフに会うためであった。彼女はロシア人でスイスへの移民であった(21)。フォン・ザリスはリルケのロシアへの郷愁が影響したと言っている(12)。その頃リルケはヴァレリーの『ベルト・モリゾ(伯母ベルト)』の翻訳に取り掛かっており、ジェニアとミュゾットで仕上げることになり、ジェニアをミュゾットに呼び、十五日から二十七日まで仕事をした(21)。その独訳は十一月七日付の《新チューリッヒ新聞》に掲載された。

また、リルケはローザンヌのホテル・サヴォイでエルイ・ベイ夫人と出会っていた。ゼルマッテンは面白く紹介している(4)。

「……短い滞在のローザンヌでリルケはサヴォイに降りて行った、そこでは上品で、肩書を持った、コスモポリタンの物好きな会が開かれていた、伯爵夫人や侯爵夫人が伯爵とか幾人かの名高い芸術家に出会うのである。そんな客の中にまだ無名ではあるが、とびっきり美しい若い女性がいた——エルイ・ベイ夫人である……」と。

『マルテ』に感動したとエドモン・ジャルーに話したことがきっかけでリルケが紹介され、女好きのリルケは直ぐに参ってしまったのである。《とびっきり美しい》とは彼女がエジプトの血を引くエキゾティックな顔立ちと、既に結核を患っていた病的な美しさが相まっていたのであろう。こうして彼女がミュゾットを訪れることになり、例の薔薇の刺事件となるのである。

十月も末のことであった。薔薇の刺が直接的な死因ではなくとも、それが引き金になって、白血病が再発し、重篤になったことは間違いない。リルケはミュゾットの下のホテル・ベルビューでジェニアやナニーの見守る中で応急処置をして済ませるが、病は急速に悪化して、十一月三十日、見兼ねたジェニアがリルケをヴァル＝モンへ連れて行くのである。ジェニアは直ぐにナニーに連絡した。十二月八日にリルケはナニーに書く——「昼も夜も、昼も夜も……地獄！行けば分かるのだろう！　あなたの全生命を掛けて（と感じるが）この見知らぬ人々の中で僕に付き添ってくれるなんて感謝します」と。ナニーは十二月九日から、リルケの看病を兼ねてヴァル＝モンでリルケの死まで付き添うのである(15)。リルケはヴァル＝モンに入院して間もなく、病魔の苦痛と死の恐怖と闘いながら、悲痛に満ちた詩を書く(1)。

来るが良い　最後の苦痛よ　私はお前を称賛する
肉体の組織の中の　絶望的な苦痛よ——
私が精神の中で燃えていたように　それ　今はお前の中で燃えている——
薪は　お前が同意するよう燃やす炎に
長いこと反抗していた
しかし　今や　私はお前を養い　お前の中で燃えている
私のこの世での温和な存在さえ　お前の憤怒の中では
この世ならぬ地獄の怒りとなってしまうのだ
未来から解放され　完全に純粋に　完全に無計画に
私は　木屑のように積まれた受難の山を登っている
蓄えの沈黙した心のために　買うべき未来など
何処にもないことはこれほど確実なのだ
ここで見分けのつかぬよう燃えているのが　やはり私なのだろうか
私は思い出などもぎ取っては行かない

ああ　生よ　生とは炎の外にいることだ
そして　炎の中にいる私　誰も私を知っている者はいないのだ

リルケの生は遠つ国として自分から離れつつあり、苦痛の炎に焼かれながら確実に死の方へ向かっているのを実感したのであろう。肉体に課せられた苦痛が精神をも破壊し始め、もはやリルケの生死一如の高邁な思いなど空念仏になっていたのであろう。死からの生還など考えたくとも考えられなかった。死は目前にあった。この苦痛は死を迎えるまで延々と続くのである。

十二月十三日、リルケはルー・サロメに手紙を書く(14)。

「……ルーよ、地獄がどんなものか知らないが、肉体的な、自分の秩序の中で正に大きくなる苦しみを僕がどんなにか遮ろうとしているのか君には分かるよね。それが例外であってくれたら、戸外へ再び出られる戻り道であってくれたらと。そして今なら。苦しみは僕を殴り、僕の皮を剥ぐんだ。昼も夜も……」とある。

この病気の兆候は三年前から出現していたらしい。

十二月二十三日、苦しい息の下でメルリーヌへ最後の手紙を書く(2)。この手紙が最後となることは分かっておりながら、七年以上にわたる愛の交歓によって深めたメルリーヌへの愛を淡々と普段着のままで表している。自分の病気がまだ世間には知られていないと述べている裏には回復の見込みのないことを匂わせて、最後の別れにしようとしたが、同時に、そのことを察知して動揺するメルリーヌを鎮めるかのようにもはや誰も病室には入れないのだと、見舞いに来ることを戒めている。

リルケの病状は極めて重篤であり、ナニーですら病室には入れなかった。ナニーはリルケの負担を考えて、「詩人に代って次の文言を（独仏両語で）印刷した葉書を発送した――《ライナー・マリア・リルケ氏は重病故、暫くの間お手紙を書ける状況ではないことをお許し下さい。一九二六年十二月――》」と(15)にある。

ナニーは十三日、リルケのうわごとを心配して、サロメにその旨を手紙に認めた(14)。

「……あなたは彼についてお会いした当初から今日までご存知です。彼はあなたに限りないほどの信頼を寄せておりました――彼はこう言ったのです、《ルーは全て知っている筈だ――恐らく彼女は慰めの言葉を知っているだろう》と。……」

《慰めの言葉》とはリルケへの慰めということなのだろう。勿論、真意はリルケにしか分からないことだが、その発端は一九〇〇年の第二回目のロシア旅行の終わりで、ペテルスブルクで仲違いしたことにまでさかのぼれる。リルケは《急いで戻ってくれ、直ぐに帰って来てくれ》とサロメに悲痛な手紙を書いた(14)。全てを知っているルーなら、一時気を悪くしても、また愛して欲しいのだと訴えたものだろう。しかし、地上の愛は戻って来なかった。この悲痛な叫びは臨終まで続いたのである。サロメとの情事とそれに続くクララとの結婚の反省から彼は愛の形を所有しない愛へと舵を切ったのだろうか。

一九二六年十二月二十九日、死との壮絶な戦いの後、ゼルマッテンは朝五時ころ(4)、フォン・ザリスは朝早くにリルケは息を引き取ったとある(12)。

メルリーヌはナニーから電報でリルケの死を知らされた（8）。恐らく泣き崩れて気を失ったことだろうと想像がつく。ジッドは彼女に慰めの短い手紙を翌年の一九二七年の元日に書く（8）。

「親愛なる友であるご令閨様

今受け取ったばかりのピエールの手紙で、貴女のご心痛のご様子を知りました。私の個人的な悲しみはとても深いものですが、貴女の悲しみに比べれば、足下にも及びますまい。このような喪中にどんなお言葉でも不十分でしょうし、不敬に当たるように思います。私は貴女とご一緒に、心より哀悼の涙を流しております。

どうぞ、私のこの深い憐憫の情をお察し下さい。

アンドレ・ジッド」と。

葬儀は翌年に一月二日、遺言通りラロンの教会で執り行われた。

遠国のため駈けつけられなかった友人たちは多かった。一方運よく間に合った人たちもいた。ドイツからキッペンベルク夫妻が、パリからは、かつての恋人ルー・アルベール＝ラザールが駆け付けた。ルーの語る葬祭の模様を少し引用しておこう（10）。

「……岩の中を長い行列をなして道をよじ登って行かなければならなかった——一台の車さえ通行は不可能だったろう。土地の人々が柩を教会まで引き上げてくれていた。宗教的な短いセレモニーの中で、イタリアから来たある女友達の弾くヴァイオリンの天上の嘆きの調べに私の心臓は堪えるしかなかった。祭式の果てた後、友人たちはリルケ自身の選んだ孤独の場所まで岩を一周してよじ登る小道を歩き、墓へと柩を運んだ。風に吹かれた雲の大きな影が、辺りから来た信徒の寡黙で沈みがちな一団が囲む台地を掃き清めていた。花や、村の娘たちの幾分まだらの色だけが活気付けていた。

墓の周りでの説教からは何も聞けなかった、人さえ見えなかった、ただカタリーナだけは別だった、私の側で身じろぎもせず――苦悩の胸像――のように立っていた……」と。

この日は辺りに薄らと雪が積っていたようだ。ここで《カタリーナ》というのはカタリーナ・キッペンベルクのことである。彼女もその時の印象を語っている(28)。

「……私たちの周りは光り輝く大地の巨大な輪によって囲まれていた――柩は墓穴の縁に置かれ、花輪の薔薇やカーネーションが雪の中で成長して、花が咲いたように思われた。それから、僧侶の気高いシルエットが現れ、そして、別の花輪のように農家の若い娘たちが無邪気に花開いてこの一団を取り囲んでいた。光は異常なほど強く、水平線を取り囲む雪に覆われた山々に反射してまだ照り輝いていた――しかし、全く別の感情が支配していた、それは、私たちの立つ大地が大地よりも雲に大変近いという印象を持ったことだった――雲は私たちの直ぐ上にあり、天が直ぐ側にあった。教会の塔が大地を倦むことなく天に向かって押し上げていた、そして、鐘が天空を揺り動かし始めた時に、その響きが雲の中に通り道を作り、私たちには計り知れないような眩しい天使が現れたようだった――言語を絶した運動が起こり天をひっくり返し、波また波が高みから降りて来ては再び上へと雲を押し上げていた……」とある。

リルケは窓を通して、会葬者の中にメルリーヌがいるかどうか覗いていた。しかし、いないのを確認して胸を撫で下ろしたことだろう。彼女がいれば柩に取りすがって泣きじゃくって、埋葬を妨げ、会葬者に迷惑を掛けただろうと心配したのである。

墓石には遺言通り次の句が刻まれた。

おお　薔薇よ　純粋なる矛盾よ
数多の瞼の陰に誰の眠りもない
喜びよ

多くの人たちがこの碑銘の謎解きに挑戦した。尤も、アンジェロのように「このシンプルな詩句は多くの注釈を引き起こしたが、私たちには余分と思われる、特にリルケの薔薇に捧げた多くの詩を知っている者には」と注を入れている（6）。ここで《薔薇》という言葉にアンジェロの深い解釈があるのかもしれないが、ちょっとはぐらかした感も否めまい。凡人にはアンジェロに何と言われようと気になるところである。何故なら最後の最後に到達したリルケの結論だからである。

この句には二つのキーワードがあるように思われる。《矛盾》と《喜び》である。

リルケに《矛盾》があるとすれば、「生死」の問題ではない。「生」と「死」は別物ではないとの認識をリルケは表明していた。「生死一如」であった。しかし、「愛」についてはこの「愛の詩人」ですら矛盾を感じていた。『マルテ』で称賛した女の愛と『第三の悲歌』で告白した《血のネプチューン》、つまり男の性衝動とが同じ愛という輪の中で相矛盾することに気が付いたのである。とすれば、《薔薇》は詩集『薔薇』で称えた「女性」の象徴ではなく、その先に湧き起こる感情「愛」の象徴として置かれたのであろう。

そして尚それを補強するのが《喜び》という言葉である。一口に《喜び》と多くは邦訳されているようだが、ドイツ語では《Lust》という言葉が使われており、フランス語への置き換えにも《volupté——強い喜び》《désir——欲望》《joie——喜び、快楽》などと訳され、統一した訳語はない。このことはドイツ語《Lust》に含まれている男女間の性愛の喜びという生臭い意味を斟酌していることの証ではなかろうか。つまり、これらの訳語から言えることは、フランスの翻訳者たちがリルケがかつて『マルテ』で称賛したガスパラ・スタンパやマリアナ・アルコフォラッドの貫いた精神的な「純愛」の喜びと、『若き労働者の手紙』で告白されていた「性愛」の喜びとを、その度合いを別にしても同時に織り交ぜているのであって、決して、どちらか一方にのみ偏って解釈してはいないということである。このように男の愛と女の愛との複合した喜びと解釈することによってリルケの発した《矛盾》という言葉に納得出来るのである。

愛は幾重にも重なり合った薔薇の花弁の中を行くように、無限の喜びがあり、恋人たちは眠る間もなかろうが、しかし、愛し合う恋人たちもいつの日にか互いの愛の違いに気が付くことになるのである。これこそ愛の矛盾、男女が太古から持ち込んで来たことによる純粋な矛盾である、とでも言いたかったのだろうか。

リルケがそのような愛の喜びを否定したことはなかった筈である。サロメとの愛も恐らくそのような喜びを感じた愛だったのであろう。そのことが晩年に蘇って来た。それが『第三の悲歌』を生み、『若き労働者の手紙』となった。

この墓碑銘起草時にリルケはメルリーヌとの愛に思いを馳せたであろうか。多分、彼の脳裏を一瞬たりともかすめたことはなかっただろう。彼女との愛はこの碑銘にある深紅の薔薇ではなく、薄墨色の目立たぬ薔薇にしか過ぎなかった。もはや男女の愛を超えて、家族愛、兄弟愛の領域にあったのであろう。リルケがパジャマが欲しいと言えばこんなのでどうとメルリーヌは送って来た。リルケはそれに身をくるんで死の床に就いたのである。

（完）

注（引用文献）

本文中に括弧書きで示した数字は引用した文献を示したもので、以下、その対比を掲げて置く。ただし、煩雑になるのを避けるため、文献名のみ掲げ、その引用個所については明示していない。

（1）Rainer Maria Rilke: Sämtliche Werke :Zweiter Band (Gedichte・Zweiter Teil), Insel Verlag, 1957
（2）Rainer Maria Rilke et Merline: Correspondance 1920-1926 (Rédaction: Dieter Bassermann), Max Niehans, Zurich, 1954
（3）Rainer Maria Rilke: Lettres françaises à Merline, Seuil, Paris, 1950
（4）Maurice Zermatten: Les dernières années de Rainer Maria Rilke, Le Cassetin, Fribourg, 1975
（5）リルケ全集第十四巻、弥生書房、昭和四十一年
（6）J. -F. Angelloz: Rilke, Mercure de France, Paris, 1952

（7）H. F. Peters: Lou Andreas Salome, Das Leben einer aussergewöhnlichen Frau. Wilhelm Heyne Verlag, München, 1980
（8）Rainer Maria Rilke-André Gide Correspondance 1909-1926, Introduction et Commentaires par Renée Lang, Corrêa, Paris, 1952
（9）Nicole Schneegans: Une image de Lou, Gallimard, Paris, 1996
（10）Lou Albert-Lasard: Une image de Rilke, Mercure de France, 1953
（11）Claire Goll: La poursuite du vent, Olivier Orban, 1976
（12）J. R. von Salis: Rilkes Schweizer Jahre, Suhrkamp Taschenbuch Verlag, 1975
（13）Rainer Maria Rilke-Marie von Thurn und Taxis: Briefwechsel (2 Bände), Insel Verlag, 1986
（14）Rainer Maria Rilke-Lou Andreas-Salomé: Briefwechsel, Max Niehans und Insel, 1952
（15）Rilke: Briefe an Nanny Wunderly-Volkart (2 Bände), Insel Verlag, 1977
（16）山本　尤訳　ルー・ザロメ回想録　ミネルヴァ書房　二〇〇六年
（17）Rainer Maria Rilke: Œuvre 3 Correspondance, Seuil, 1976
（18）Rainer Maria Rilke: Œuvre 2 Prose, Seuil, 1966
（19）Rainer Maria Rilke: Gesammelte Briefe: Sechster Band (Briefe an seinen Verlager), Insel Verlag, 1935
（20）Rainer Maria Rilke: Gesammelte Brife: Fünfter Band (Briefe aus Muzot 1921 bis 1926),

Insel Verlag, 1935
（21）Rainer Maria Rilke: Sämtliche Werke:Siebenter Band (Übertragungen), Insel Verlag, 1997
（22）Rainer Maria Rilke: Sämtliche Werke: Erster Band (Gedichte・Erster Teil), Insel Verlag, 1955
（23）Rainer Maria Rilke: Werke in drei Bänden: Dritter Band (Prosa), Insel Verlag, 1966
（24）T・u・タクシス夫人（富士川英郎訳）『リルケの思い出』、新潮社、昭和二十八年
（25）Les Élégies de Duino Les Sonnets à Orphée, Traduits et prefacés par J.-F. Angelloz, Edition Montaigne, 1943 (Flammarion, Paris, 1992)
（26）Rainer Maria Rilke: Gedichte in französischer Sprache, Insel Verlag, 2003
（27）Rainer Maria Rilke: Les Fenêtres, Officina Sanctandreana, Paris, 1927
（28）Katharina Kippenberg: Rainer Maria Rilke Un témoignage, Traduit par Blaise Briod, Plon, Paris, 1944
（29）Rainer Maria Rilke: Die Gedichte, Insel Verlag, 2006, ISBN978-3-458-17333-5
（30）ライナア・マリア・リルケ『愛の手紙』（矢内原・富士川共訳）、三笠書房、一九五五年
（31）Rilke et la France, Plon, Paris, 1942

あとがき

最晩年のリルケの生活と作品について、概論風にまとめてみようという小著の目的は、書き終えて見てほぼ達成したなと満足しているが、しかし、一方で『ドゥイノの悲歌』の完成に何故リルケがあれほど、病的と言えるほどに拘ったのかについて、もう少し立ち入ってもよかったかなとちょっぴり心残りも感じている。言い訳がましく聞こえるが、『ドゥイノの悲歌』は『マルテの手記』のアンチテーゼであるのだから、どうしても、『マルテ』時代のリルケにまでさかのぼる必要があり、小著の目的から外れるのであえて、深入り出来なかったと。

リルケの読者ばかりでなく、文学について多少造詣のある人たちにリルケの作品一つを挙げて欲しいと尋ねれば、百人が百人『マルテの手記』と答えてくれるであろう。恐らく、二十世紀文学の金字塔の一つとの認識がそうさせるのではないだろうか。何故だろうか？

生きることにいくらかでも悩んでいる人たちが『マルテの手記』を読めば、誰もが水底に吸い込まれて行くような共感を覚えるからである。実はこの共感のお陰で期せずしてリルケは成功してしまった。リルケは複雑な思いを感じた。人を奈落に落として、自分はそこから這い上がって、生の喜びを感じている。この成功がリルケの人生観を変えたと言えないだろうか？

リルケは慌てた。それほど成功するとは思わなかったのである。一人ぼっちの薄暗い汚い部屋で夜を徹するほどに思いつめて自らの思いを綴った作品が人々の共感を得た。その理由が人生の負の部分のみにあったということに衝撃を覚えた筈である。『マルテ』を読んで奈落の底へ落ちて行った人々を救わねばならないと思ったに違いない。直ちに人生肯定へと舵を大きく切ったのである。リルケは《流れに逆らって『マルテ』を読むべし》と叫ばざるを得なかった。ここから『ドゥイノの悲歌』が始まったのである。だから、いわば『ドゥイノの悲歌』は救済の書であると言える。嘘だと思ったら、各章を読んでみれば分かる。各章は対象が違っていても全て救済を叫ぶ内容ではないか？　そして、最後には死からの救済で締め括った。『ドゥイノの悲歌』はリルケ教の教義をうたったものと言っても過言ではあるまい。リルケはニーチェの宗教に憎悪を感じていたにも拘らず、救済のためにはその嫌った宗教を自らも唱道せざるを得なかった。一日早ければそれだけ救済出来る人が増える。リルケは完成を一日も早くと焦ったのである。そして、『悲歌』の完成で全ては終わった。これ以上の進展にリルケは興味を失った。『悲歌』とは全く趣の異なる軽やかな詩へと進む以外にリルケの道はもはや残されていなかったのである。

時代の流れの中でＩＴ装置に埋まって生活している若い人たちに少しばかり、手を休めてリルケを読んで欲しい。『ドゥイノの悲歌』を読んで欲しい。あらゆる人々に夫々対応してリルケは語り掛けているから、その中に自分の悲歌を見つけることが出来よう。しかし、如何なる人にも《全ては一度きり　たった一度きり　一度きり　それだけ　そして　我々も一度きり繰り返しはない……》は真実に響くに違いない。

最後に、洋古書を集めて下さった、山形市の古書店『桜桃社』社主吉田未和氏に深甚なる謝意を表すると共に、彼女の協力なしには小著は成立しなかったことを付記したい。

平成二十七年五月四日　富士山麓十里木奏楓庵にて　太田光一

【著者略歴】

太田《おおた》 光一《こういち》

1938年1月　横浜生まれ

1960年3月　東京工業大学　理工学部卒業

1960年4月　日本軽金属㈱に入社、技術開発、工場設計、工場建設、工場経営など主に技術畑で活躍す。

1983年4月　縁あってドイツ・メルク社（本社ダルムシュタット）の日本法人メルク・ジャパン㈱（現メルク株式会社）に転職し、日本における生産拠点の新・増設など、日独の橋渡し役としてメルク社の企業発展に貢献す。

1999年3月　メルク・ジャパン㈱常務取締役退任後、文学研究に専念し今日に至る。

主たる作品

1996年　『鑽仰と鎮魂の祈り――西行法師の漂着点』（近代文芸社刊）

2000年　『良寛和尚』（鳥影社刊）

2002年　『大伴家持』……第2回『古代ロマン文学大賞』研究部門優秀賞受賞作品（郁朋社刊）

2005年　『世阿弥――ヒューマニズムの開眼から断絶まで』……第5回『歴史浪漫文学賞』研究部門　特別賞受賞作品（同上）

2010年　『持統万代集――万葉集の成立』（同上）

2012年　『ニーチェ詩集――歌と箴言』（同上）

など

リルケの最晩年《さいばんねん》

~呪縛《じゅばく》されていた『ドゥイノの悲歌《ひか》』の完成《かんせい》を果《は》たして新境地《しんきょうち》へ~

2015年10月10日　第1刷発行

著　者 — 太田《おおた》　光一《こういち》

発行者 — 佐藤　聡

発行所 — 株式会社 郁朋社《いくほうしゃ》

〒101-0061　東京都千代田区三崎町2-20-4
電　話　03（3234）8923（代表）
FAX　03（3234）3948
振　替　00160-5-100328

印刷·製本 — 日本ハイコム株式会社

ISBN978-4-87302-607-7 C0095